Die Heilerin

Teil I – Das Licht

ein Roman von

Paul Riedel

www.paul-riedel.de

©Paul Riedel, München 2016

Printed in Germany

Umschlag: © Paul Riedel, München 2016

Lektorat: Michael von Sehlen

Herstellung und Verlag: BoD- Books on Demand, Norderstedt

Erste Auflage 2016

Zweite Auflage 2018

Bibliographische Information der Deutschen Nationalbibliothek

Die Deutsche Nationalbibliothek verzeichnet diese Publikation in der Deutschen Nationalbibliografie; detaillierte bibliografische Daten sind im Internet über http://dnb-d-nb.de abrufbar

Paul Riedel

Geboren am 27. Mai 1960 in der brasilianischen Stadt Sao Paulo als Paulo Sergio Riedel, nutzt er als Künstlernamen den Namen seines Urgroßvaters.

Er beendete 2010 eine erfolgreiche Karriere in der IT- und Datenbanken-Branche und widmet sich seitdem seiner bildenden Kunst und Literatur.

Zwischen 2007 und 2011 absolvierte er eine Ausbildung als Psychotherapeut nach dem Heilpraktikergesetz, was seine Kenntnisse von der menschlichen Psyche vertieft hat.

Seine Muttersprache Portugiesisch prägt seine Romane durch ihren reichen Wortschatz, genau wie sein Interesse für die Antike mit ihrem Reichtum an literarischen Formen seinen Stil beeinflusst.

Vorwort

Zu den ältesten Wünschen der Menschheit gehört der Wunsch, Menschen mit der Kraft des Geistes zu heilen. Mythologien haben bereits darüber berichtet und auch Überlieferungen verschiedener Art und vieler Völker bestätigen, dass die Kraft des Gebets eine lange Tradition in unserer Gesellschaft hat. Diese Tradition ist jedoch kein Beweis für die Wirksamkeit.

Götter, die Heilkraft besessen haben sollen, waren genauso zahlreich wie ineffektiv. Es ist nun einmal Tatsache, dass man dem Tod nicht entkommen kann, egal wie viel man betet. Es ist auch unvermeidlich, dass andere Spezies in unserer Umwelt wachsen und Macht übernehmen, wie zum Beispiel Bakterien und Viren, die fast die gesamte ursprüngliche Population Amerikas und auch die alte Fauna unserer Nacheiszeit vernichtet haben.

Diesem edlen Wunsch steht die Wirklichkeit gegenüber, die oft sehr grausam ist, wenn sie den Erkrankten aus unserem Leben mit dem Tode wegnimmt.

Mütter, die den Verlust ihrer Kinder beklagen, oder Ehefrauen, die für den Schutz ihrer Männer beten, füllen viele Romane und leider auch unzählige wahre Berichte. Aber was geschieht mit Personen, die irgendwann erkennen, dass die so sehr gewünschte Kraft nur Wunsch, aber nicht Wirklichkeit ist?

Bereits in Brasilien, wo ich meine Jugend verbrachte, begegnete ich enttäuschten Gläubigen, die sich weigerten, einen Arzt aufzusuchen und dann dem eigenen Tod nicht mehr entkommen konnten. Die Weigerung, Kinder impfen zu lassen, ist immer noch bei einigen evangelischen Glaubensgemeinschaften vorhanden. Sie findet sich sogar in einigen pentekostalen Kirchen, von denen aktuell berichtet wird, dass ein Selbstheilungspastor schließlich von Ärzten operiert wird.

In vielen Ländern werden sogar noch heute Hände aufgelegt und Kräuter ins Feuer geworfen, um die Heilung von Krankheiten zu erreichen, deren Existenz ebenso erwiesen ist wie deren Heilung. Jegliche Verbesserung, die ein Arzt dann erreicht, wird irgendeinem Gott gewidmet, aber der Arzt erntet selten das gleiche Lob.

Ob es einen Gott gibt, ob dieser einem Menschen zuhören kann, gehört zu den Fragen, die ich niemals zu beantworten wagen würde. Mir ist ehrlich gesagt nicht einmal klar, ob eine solche Frage eine Existenzberechtigung hat.

Jedoch mir ist klar, dass die Wahrnehmung des Menschen geschärft werden muss, damit er die Wahrheit erkennt, bevor sein Leben auf einen vermeidbaren Leidensweg gerät.

Das Licht

Das Licht kommt

Beim Anblick des Himmels war kein schöner Tag zu erwarten. Der Regen kam und ging in unregelmäßigen Zeitabständen. Der nasse Boden war an diesem Vormittag selten trocken geworden und Pfützen lagen den ganzen Weg entlang auf der Lauer nach Fußgängern, die noch saubere Hosen trugen. Fahrradfahrer zischten im Eiltempo an den trapsenden Fußgängern vorbei und verteilten das Regenwasser über sie, so sehr die sich auch bemühten, es zu vermeiden.

Fenja war bereits bis zu den Knien nass und ihre Schuhe waren für den Tag offensichtlich falsch gewählt. Es waren Sommerschuhe mit einer weichen und luftdurchlässigen Sohle, deren Nähte sich mittlerweile an den Seiten lösten. Sie hoffte, bald das Unterrichtsgebäude zu erreichen, bevor sie dann barfuß gehen würde. Sie überlegte kurz, ob und wann sie neue Schuhe kaufen durfte, weil ihr die Schule das letzte Geld abverlangte.

Sie blieb kurz stehen, um den linken Schuh, der offenbar an der Seite aufgegangen war, zu prüfen. Während sie den Kopf nach unten beugte, verlor sie die Kontrolle über die Mappen mit Unterrichtsmaterial und alles rutschte zu Boden.

„Verflucht nochmal!", vergaß sie jegliche Höflichkeit und fluchte so laut, dass zwei Passantinnen sogar zur Seite sprangen, anstatt ihr zu helfen.

Nach sechzehn Monaten Ausbildung bei verschiedenen Meistern wollte sie bald einen Abschluss haben, damit sie die ersten Patienten empfangen konnte. Sie war nicht kleinlich oder gar geizig, aber ihr Geld war fast alle und irgendwann musste sie ihrer Bestimmung nachgehen.

Vier Papierblätter entzogen sich ihrem Griff und flogen mit dem Wind einige Meter weiter. Doch das Gewicht des Wassers brachte die flüchtenden Blätter zum Fallen. Fenja nahm die nassen Stücke hoch und überlegte, wie sie dieses Malheur vor dem Vortrag ungeschehen machen sollte.

Nachdem sie alle Unterlagen aufgesammelt hatte, schloss sie ihren Regenschirm und gab den Widerstand gegen den Regen auf. Ihre rotblonden Haare sahen bei diesem Wetter dunkelbraun aus. Das Wasser drückte auch alles zusammen und die zuvor sorgsam frisierte Haarpracht ähnelte einem alten Besen.

„Soll ich dir helfen?", fragte eine Mitschülerin, doch ohne auf eine Antwort zu warten, sprang sie zur Tür. „Bis gleich", rief sie noch und Fenja konnte weder einen weiteren Fluch loswerden noch eine passende Antwort auf dieses Hilfsangebot hervorbringen. Es war nicht ihr Tag und es schien, als würde ihr alles auf die Nerven gehen.

Sie kam an den Eingang und wartete eine Zeit lang, bis das meiste Regenwasser von Haar und Mantel herabgeflossen war.

Die kühlen Lichter im Inneren des Gebäudes wirkten grau und der schmutzige Boden erinnerte an einen reinigungsbedürftigen Hühnerstall. Er war überall mit Dreck, Schlamm und Wasser besprenkelt. Es fehlte nur noch der Duft nach Hühnerkot, was Fenja bei dem Gedanken, gleich ihre Mitschülerinnen zu treffen, fast zum Lachen brachte.

Sie ordnete die zerknickten Unterlagen und versuchte trotz ihres Zustands würdevoll zu wirken, bevor sie an der Tür schellte. Es folgte ein unangenehmer Sirenenton, der nicht billiger hätte klingen können. Es war der gewöhnliche Zikadenton und die Tür wurde durch den automatischen Türöffner entriegelt.

Sie betrat den Raum, in dem ihre anderen Kolleginnen bereits waren und auf den Beginn des Unterrichts warteten.

„Oh mein Gott!", entfuhr es der Frau, die an Fenja vorbeigegangen war, ohne Hilfe zu leisten.

„Tut mir leid, Liebes. Ich fragte, ob du Hilfe benötigst, und dann erklang mein Handy und ich verlor den Überblick und vergaß, deine Antwort abzuwarten." Es folgte ein gequältes Lächeln von dem falschen Miststück und Fenja wünschte, es wäre erlaubt, der Kollegin einen Tritt zu verpassen.

„Ach was." Fenja fuchtelte mit den Händen in der Luft. „Ich bin stark und kann mir selbst helfen. So ist unser Motto, nicht wahr?" Eine andere Antwort fiel ihr nicht ein.

Neben der Ausbildung erfuhren alle Teilnehmer oder besser gesagt Teilnehmerinnen, weil kein Mann mehr in dem Kurs war, eine sprachliche Umschulung. Sie durften sich nicht beklagen oder Hilfe suchen, weil sie für Hilfe für andere sorgen sollten. Das habe neurolinguistische Gründe, hatte einmal eine der Lehrerinnen erklärt. Fenja fiel plötzlich auf, dass in dieser Schule die Welt nur aus Frauen zu bestehen schien.

Fenja machte sich öfter Gedanken über diese Veränderung ihrer Sprache. Auf einmal durfte sie nicht mehr mit „Grüß Gott" grüßen, aber mit „Ich wünsche dir einen heilsamen Tag". Es kam ihr etwas gekünstelt vor, aber wie die Lehrerin erklärte, waren positive Gedanken auch ein Teil des Profils eines guten Profis. Und das war sie bestimmt, sagte Fenja zu sich selbst.

Alle im Kurs verbliebenen Frauen waren ziemlich ober-flächlich und einige sprachen wegen der fehlenden Männer fast zu schamlos über ihr intimstes Empfinden. Diese Diskrepanzen machten es Fenja zuweilen schwer, sich dort zu orientieren.

An diesem Tag sollte es einen Vortrag von einer großen Expertin geben, die in dieser Schule ausgebildet worden war, und alle schienen voller Erwartung zu sein.

Obwohl alle wie geduldige Schafe den sprachlichen Anweisungen folgten und versprachen, umweltgerecht zu leben, bemerkte Fenja, wie Plastikbecher, noch halb voll Tee, die Mülltonne füllten. Sie hatte immer ihren eigenen Becher dabei und vermied es meistens, Teebeutel zu benutzen. Sie brachte ihren selbstgebrühten Tee mit und nahm nie Zucker, da sie gelernt hatte, dass Zucker einer der schlimmsten Gifte der modernen Gesellschaft war.

Der Dampf von den verschwitzten Körpern der sechszehn Frauen verteilte sich im Raum, mischte sich mit der Feuchtigkeit des Regens und schlug sich unübersehbar an den Fensterscheiben nieder.

„Macht jemand mal bitte die Fenster auf?", schrie die Kursleiterin, als sie die Tür zum Vortragsraum öffnete.

„Hier dampft es mehr als im Fitnessraum." Sie fächelte sich etwas Luft mit einer übertriebenen Geste von Atemnot zu.

„Willkommen zum heutigen Vortrag. Tretet ein und bitte nehmt leise und geordnet Platz. Bitte keine Orgie von rasselnden Stühle. Denkt an den neuen Boden und unseren Nachbarn unter uns." Das neue Parkett war bestimmt sehr teuer gewesen und sollte nicht zerkratzt werden und ohnehin war die Schulleiterin bei den Schülerinnen als Geizkragen verrufen.

Fenja malte sich in Gedanken aus, wie ihre Praxis sein würde. Elegante Stühle, moderne Kunst als Dekor, nicht das billige Zeug vom Baumarkt, und ein guter Teppich. Sie wollte keinen extremen Zulauf haben. Sie wünschte sich einen ausgewählten Kundenkreis, der sie für ihre besonderen Leistungen entsprechend bezahlte.

„Fenja, Liebes." Das lange „Ehh" füllte den Raum. Die Schulleiterin hielt viel von ihr und hatte für sie einen Platz ganz vorne reserviert.

„Dein Praktikumsplatz in meiner Praxis wurde genehmigt. Aber das Praktikum wurde von sechs auf acht Monate verlängert, weil wir jetzt ein weiteres Fach aufgenommen haben. Es wird dir Spaß machen, da bin ich sicher. Setz dich." Die Luftküsse folgten und Fenja nahm fast verschämt ihren Platz ein. Um korrekt zu sein, war es nicht die Praxis der Schulleiterin, aber eine Praxis, in der sie Mitglied war.

Die Schulleiterin, die in der Schule als Celina bekannt war, nannte sich ihren Klienten gegenüber Schwester Celina. Sie war der Auffassung, durch den Titel würde sie einen gesunden Abstand zwischen sich als Betreuerin und den Klienten schaffen. Einige munkelten allerdings, dass sie dies lediglich zur Show benutzte und boshaftere Zungen nannten sie eine Betrügerin. Aber sie war nach Fenjas Meinung sehr fachkundig.

„Liebe Teilnehmerinnen, heute hören wir hier im Agatha-Zentrum den letzten Vortrag in unserer Ausbildung. Die Lehrkräfte sind inzwischen mit den Ergebnissen der letzten Prüfung eingetrudelt und ab Montag seid ihr für euer Praktikum vorbereitet. Wer noch keine Praktikumsstelle gefunden hat, soll sich bei meiner Assistentin Sybille melden." Einige der Damen waren bereits zu diesem Zeitpunkt etwas gelangweilt. Die Leiterin war bekannt für ihre langen und kunstvollen Einleitungen.

„Bevor ich das Wort weiterreiche ..." Ein Handy klingelte. Ihre Augen verwandelten sich in zwei Funken aus Feuer und Glut, die jedes Handy zum Schweigen bringen konnten.

„Sorry. Das war mein Mann", entschuldigte sich eine der Teilnehmerinnen.

„Welcher denn?" Es folgte Gelächter in ansteckender Form, das sich wellenförmig ausbreitete und immer mehr Frauen erfasste. Offensichtlich war diese Frau für ihren lasziven Umgang mit neuen Liebhabern zu gut bekannt.

„Bitte, Ladys. Wir sind erwachsen." Sie hob ihre Hände und forderte Ruhe. Als das letzte Lachen verstummt war, fuhr sie fort.

„Es sind wunderbare achtzehn Monate gewesen und ich habe mich über jede von euch gefreut. Eure Abschlussnoten sind auf dem Zertifikat eingetragen und wir haben jetzt nur noch einige Fachvorträge für euch vorbereitet."

Einige suchten weiterhin etwas in ihren Taschen. Eine Angewohnheit, die bei manchen Menschen keine Begründung hat, aber in einem Vortrag sehr stört.

„Könntet ihr bitte der Suche in euren Taschen und den Handys eine Pause gönnen?", forderte Celina die Frauen auf.

Die Frage war an einige Damen gerichtet, die daraufhin von allen Seiten streng angeschaut wurden.

„Die meisten von euch haben eine Praktikumsstelle bekommen. Leider müssen diejenigen, die das Examen nicht geschafft haben, kurz nachsitzen."

Es war bekannt, dass mit dem Praktikum die meisten keinen Cent zu sehen bekamen und nur die wenigsten dabei tatsächlich einen Einstieg in den Beruf finden würden, aber es war trotzdem eine Möglichkeit, die keine der Teilnehmerinnen verpassen wollte.

Die begehrteste Stelle war die in Celinas Praxis. Sie selbst war in mehreren Städten unterwegs und so blieben für die Praktikantinnen viele Kunden übrig.

Es folgten über sechzig Minuten eines Vortrags über Marketing für Praxen und die meisten der

Teilnehmerinnen machten sich zwar Notizen, aber wirklich etwas davon verstanden hatten nur die wenigsten. Das Thema war zwar nicht schwer, gestand Fenja sich selbst ein, aber es war der Natur dieser Frauen so fremd, sich mit einem so weltlichen Thema wie diesem zu beschäftigen. Im letzten Vortrag über Buchführung gingen auch die meisten nach der Hälfte des Beitrags weg.

Da an diesem Tag im Anschluss an die Vorträge den Teilnehmerinnen die Zertifikate überreicht werden sollten, wagte keine, sich abzumelden.

Nach der lang erwarteten Übergabe der Zertifikate sprach Celina das Schlusswort.

„Nun. Nach dem Praktikum seid ihr dann ausgebildete Heilerinnen. Die Welt steht euch danach offen. Geht und heilt alle, die unsere Hilfe benötigen."

Die Damen waren sehr angetan und beglückwünschten sich gegenseitig.

Es war ja das letzte Mal, dass sie sich nicht als Konkurrentinnen begegneten.

Menschen bewegten sich in Eile mit ihren Einkaufswagen oder Einkaufskörben in alle Richtungen. Der unangenehme Duft von frischem Fleisch mischte sich mit der Süße von Eiscreme aus der Kühltruhe und zwang jeden Vegetarier zur Flucht aus der Abteilung.

Vegetarier haben eine empfindliche Nase und reagieren auf solche Düfte nicht besonders positiv. Das jedenfalls stellte Anneliese an diesem Donnerstag fest.

Anneliese war einmal eine erfolgreiche Verkäuferin gewesen und viele hatten ihr Geschick im Beruf gekannt und gelobt. Doch der Ruhm endete schneller als der lange Weg, den sie beim Aufbau der Karriere durchschritten hatte.

Seit bei ihr vor zwei Jahren eine Darmentzündung diagnostiziert worden war, litt sie an den Folgen einer allergischen Reaktion gegen ein Antibiotikum. Es war am Anfang nur eine harmlose Entzündung gewesen, aber durch die falsche Behandlung hatten sich verschiedene Bakterien in ihrem Körper verbreitet und ihr Immunsystem fast lahmgelegt.

Sie fühlte sich schwach, aber trotzdem wollte sie nicht kampflos aus dem Leben scheiden. Sie ging ihrem Haushalt nach und kaufte selbst ein. Ihr Mann war vor mehr als einem Jahr aus der Wohnung ausgezogen. Er konnte die Krankheitsphase nicht gut mit ansehen und seine neue Liebhaberin hatte ihn ermuntert, die Ehefrau zu verlassen, und das mit Erfolg.

Durch ihren Kopf schoss wieder ein Schwall negativer Gedanken, der nicht aufhören wollte. Sie überlegte, wie viele Jahre sie noch diesen Zustand aushalten sollte, und sie errechnete das gewünschte Todesalter, aber kurz danach revidierte sie ihre eigene Theorie, weil sie wieder unter der linken Brust ein kurzes Stechen spürte. Das könnte etwas bedeuten, dachte sie wieder.

Sie schaute in ihren Einkaufswagen und überlegte, wie ihr Salat heute aussehen sollte. Sie war Vegetarierin geworden. Sie dürfte nur Gekochtes essen, aber nichts Warmes. Es durfte jeden Geschmack haben, aber nicht süß wie Rote Bete oder Süßkartoffel sein. Sie lenkte sich immer wieder mit solchen Gedanken von ihren depressiven Anflügen ab.

Ihre Nachbarin Hilde hatte sie bei dem Einkauf begleiten wollen, war heute aber nicht mitgekommen. Anneliese war etwas traurig, wieder allein einkaufen zu müssen, aber so war das Leben eben – nun wieder als Single.

Als sie an der Kosmetikabteilung vorbeikam, war es unvermeidlich, die Spiegel auf einem Regal zu betrachten. Als sie ihr eigenes Gesicht sah, wurde ihr etwas schwindelig. Beinah wäre sie hingefallen, als jemand an ihrer Seite ihren Arm stützte.

„Anneliese!", rief eine erschrockene Stimme. „Vorsicht, Mädchen. Geht es dir nicht gut?"

Anneliese blickte zu der Frau hin und musste ein oder zwei Sekunden lang überlegen, wer diese Frau sein sollte. Egal, wer sie war, Anneliese war dankbar, dass sie ihr zu Hilfe kam.

„Komm, Liebes. Setzen wir uns kurz dort an die Treppe. In diesen Supermärkten findet man nie eine Sitzgelegenheit, wenn man eine braucht, und die Gänge sind so lang." Die

Frau redete viel und Anneliese dachte wieder daran, dass sie ihren Salat noch nicht zusammengestellt hatte. Sie schaute in den Einkaufskorb und stellte fest, dass sie nur Zucchini geholt hatte. Wer kann nur von Zucchini leben?, dachte sie.

Der kalte Granitboden fühlte sich sowohl kalt als auch schmutzig an und sie hoffte, es würde ihr kein Kaugummi am Gesäß kleben bleiben.

„Du musst dich entspannen. Ich weiß, dass du nicht gerade für alternative Methoden empfänglich bist, aber willst du nicht heute Nachmittag mit mir zu meinem Quantenheilungstermin mitkommen?"

Oh Gott!, dachte Anneliese. Diese Frau war ihre Nachbarin, die sie verkannt hatte. Wie konnte das sein? Ihr Herz raste und sie saß auf der Treppe und versuchte, die Fassung zurückzubekommen. Der kurze Filmriss hatte sie leicht in Panik versetzt.

„Ich hatte für einen Moment vergessen, wer du bist. Kannst du das glauben? Oh mein Gott. Ich werde verrückt." Leicht zitternd fasste sie den Unterarm ihrer Freundin und versuchte, sich zurück in die Realität zu kämpfen.

„Anneliese, lass das Einkaufen für heute sein und gehen wir nach Hause. Du bist blasser als die Kerzen aus dem Ausverkaufskorb und wenn du so schwach bist, dass du mich sogar vergessen hast, brauchst du dringend etwas Erholung."

Sie ließ ihren Einkaufskorb auf dem Boden liegen und ging gestützt von ihrer Nachbarin, die sich einfach nicht mehr an den Namen erinnern konnte, aus dem Supermarkt hinaus.

Sie gab auf, sich erinnern zu wollen. Sie folgte nur und als sie an ein Auto auf dem Parkplatz kamen, hörte sie, wie die Türverriegelung aufschnappte.

Schreckliche Farbe, dachte sie. Der Grünton des Lacks ließ das Auto wie eine Kröte wirken. Sie fiel auf den Beifahrersitz und bekam einen weiteren Anflug von Panik. Das Fenster auf ihrer Seite ging automatisch auf.

„Ist es dir so recht? Was hast du?"

Wenn jetzt auch ihre Nachbarin in Panik geraten würde, wären sie beide ziemlich in Not, dachte sie.

Die Sonne hatte das Auto noch nicht aufgewärmt und die kühle Luft erfrischte Anneliese rasch, so dass sie wieder klarer zu denken begann.

„Was hast du mit Quantum gemeint?", fragte Anneliese mit dem Gedanken, dass ihre Freundin sich vielleicht mit einem leichten Themenwechsel entspannen würde.

„Ach ja. Ich gehe zu einer Quantenheilerin. Wir lernen, ohne Ärzte und ohne Medizin zu leben und uns mit der Kraft der Selbstheilung zu behandeln." Es klang für Anneliese bescheuert. Das Quantendings hat sie gar nicht verstanden und ihre Stirn fühlte sich so an, als würde sie eine Tonne wiegen. Aber angesichts des aktuellen Zustands und des leichten Gedächtnisverlusts war Anneliese bereit, alles zu tun, um zu irgendeiner Heilung zu gelangen.

„Ich bin nicht gläubig und ich halte von solchen nicht-wissenschaftlichen Methoden nicht viel."

Anneliese schaute sich im Auto um und dann machte sie instinktiv das Handschuhfach auf. Da war der Fahrzeugschein und darauf konnte sie den Namen ihrer Freundin lesen.

„Hilde." Anneliese lachte.

„Was denn?"

„Hilde." Anneliese lachte noch mehr.

„Was ist denn so witzig?"

Hilde lachte mit und wusste nicht warum. Sie fuhr weiter und kurz danach parkte sie neben einem Komposthaufen im Hinterhof eines Gebäudes.

Annelieses Augen tränten und als sie sich wieder von ihrem Lachanfall gefasst hatte, versuchte sie, es sich zu erklären.

„Ich war so erschöpft, dass ich vergessen habe, dass wir miteinander zum Supermarkt gegangen sind."

Hilde nickte und begleitete Anneliese bis zur Eingangstür. Sie holte einen anderen Schlüsselbund aus der Tasche und Anneliese stützte sich kurz an der rauen gelben Wand ab.

„Dann, als ich deinen Namen auf dem Papier las, dachte ich, hoffentlich sind wir beide kein Volkslieder-Duo, weil ich mich an kein Lied mehr erinnere." Sie lachte wieder schallend und Hilde, die scheinbar die Pointe des Witzes weniger lustig fand, zerrte die lachende Anneliese die Treppe hinauf.

Die Tasche, aus der Hilde die Schlüssel herausnahm, gehörte Anneliese und so musste dies Annelieses Wohnung sein, schlussfolgerte Anneliese selbst. Ihr Kopf schmerzte leicht und sie fühlte sich so, als müsse sie schlafen.

Sie schlürfte zum Sofa und wollte sich hinlegen und für einen Moment diesen Alptraum vergessen. Ihre Füße schmerzten an den Fersen und sie schaffte kaum, sie beim Gehen zu heben.

Sie hörte im Hintergrund, wie Hilde das Telefon bediente. Ein Geruch von verbrannten Kabeln stieg ihr in die Nase und sie lachte wieder bei dem Gedanken, dass ihre Freundin so viel redete, dass das Kabel des Telefons schmorte.

„Hallo Sybille? Ach, Misuki. Ich bin's, die Heidi."

Anneliese zog ihr Sweatshirt aus und rang nach Luft, da der Halsausschnitt sich an ihrem Hals verfangen hatte und sie den Ausgang aus dem Kleidungsstück nicht fand.

„Ja. Meine Nachbarin ist extrem krank, wie ich dir mal erzählt habe. Wir müssen dringend zu Schwester Celina."

Stille folgte und einige zustimmende Geräusche durch-brachen die Monotonie. Das Sweatshirt gab den Widerstand auf und fiel auf den Boden. Anneliese stützte mit dem linken Fuß den Absatz ihres rechten Schuhs und versuchte sich von ihren Schuhen zu befreien.

„Sicher kann sie für sich selbst bezahlen und ja nochmal, wir wissen, dass die Versicherung das nicht übernehmen kann."

Wieder Stille mit Hmms und einer Menge zustimmenden Nickens.

Sie beendete das Gespräch, legte das Handy wieder in ihre Tasche und kam auf Anneliese zu. Sie hob die Hände über Annelieses Kopf, die nicht in der Lage war, dies zu verhindern.

Der linke Schuh blieb weiter angezogen und Anneliese fiel zur Seite und schlief.

Hilde sprach mit leiser Stimme eine Art von Gebet und bewegte ihre Hände, als würde sie Anneliese Körper abwaschen.

Anneliese befand sich zwischen Traum und Realität und ihr kamen diese Gebete von Hilde wie Balsam vor und sie fühlte sich etwas erleichtert.

Das Letzte, was sie noch mitbekam, war, wie sie ein Licht umfasste.

Celina saß in ihrer Wohnung und nahm einen Tee zu sich. Erstaunlich war, dass sie nicht die Kräutertees trank, die sie in ihrem Kurs so sehr empfahl. Im Gegenteil, sie trank nur schwarzen englischen Tee. Celina hatte mehrere Jahre in London gelebt und von dort diese Gewohnheit übernommen. Sie kam ursprünglich aus Polen, aber nach mehr als zwanzig Jahren und nun ohne Verwandte, mit denen sie Kontakt pflegen konnte, vergaß sie öfter, dass sie aus Polen kam. Zwischen dem einen und dem anderen Schluck machte sie sich Notizen darüber, wer und wann für sie in der Praxis arbeiten sollte.

Celina war sich sicher, die richtige Auswahl getroffen zu haben. Es war nicht einfach, die vielen Anfängerinnen auszusortieren, und falls eine zu gut war, musste sie diese ausfindig machen und so schnell wie möglich für eine andere Stadt oder einen anderen Beruf motivieren. Konkurrenz für sie belebte in diesem Fall nicht das Geschäft. Im Gegenteil, das konnte sogar das Aus für sie bedeuten, wenn eine der neuen Heilerinnen dann zu einer angesehenen Professionellen wurde.

Mit der Schule verdiente sie gut und sie war sich sicher, dass sie noch einige Jahre davon leben konnte. Jedoch nur so lange, wie andere diese Ausbildung besuchten. Sie kannte mittlerweile andere, bessere Schulen, wo der Preis sogar nur die Hälfte dessen betrug, was sie selbst verlangte.

Irene, eine der Schülerinnen, war schlamplg und fleißig zugleich auf eine skurrile Weise. Sie war eine gute Wahl, aber Fenja war die beste Schülerin von allen. Sie dachte kurz daran, ab es eine gute Idee war, Irene nachsitzen zu lassen, da sie sonst zwei Monate ohne eine Praktikantin bleiben würde, bis nämlich die nächste Truppe mit der Ausbildung fertig wäre.

Sie hatte mittlerweile zu viele Klienten und ihr fehlte nur mehr Geld. Ihr Lebensstil war traumhaft und dieser Traum war nicht billig. Sie blätterte weiter in dem Stapel von Rechnungen und dachte über neue Einnahmenquellen nach.

Die Sonne blendete sie kurz und sie setzte sich dann zum Telefontisch um. Sie wählte die Kurzwahl. Die akustischen Töne folgten und sie wippte kurz ungeduldig mit dem rechten Fuß.

„Hallo? Wer ist da?" Sie war sehr autoritär und manche Menschen wagten kaum, ihre Aufforderung zur Identifikation nachzukommen. Ohne zu warten, sprach sie weiter.

„Ted. Wie gut, dich zu erreichen." Ted antwortete kurz und knapp. Ted war seit einigen Jahren ihr Marketing-Manager. Er hatte die besten Ideen und ihm fiel immer wieder etwas Neues ein.

„Wann ist unser nächstes Seminar?"

„Hallo Celina. Ich bin gerade dabei, es zu planen. Wir haben in Frankfurt bereits zehn Anmeldungen, aber in Dresden sind es achtzehn. Das Seminar dort ist später terminiert, aber mir scheint, dass es dort einfacher ist, Zuschauer zu finden."

„Ted, ich muss einige Seminare durchführen, weil ich im Urlaub nach Andalusien fliegen möchte, und lieber ziehen wir die Termine vor meinen Urlaub, dann können wir bei Bedarf einen zweiten Termin nachlegen, oder?"

Insgeheim wünschte sie, dass Ted es schaffen könnte, in diesem Jahr für sie zwei Termine zu organisieren, denn sie hatte wirklich vor, in den Urlaub zu fahren.

„Also, ich kann das hinbiegen, aber wir müssen eventuell wieder nach Bremen fahren. Ich weiß, dass du Bremen nicht magst, aber dort sind viele Klienten, die nur dich sehen wollen."

„Kein Problem. Ich liebe Bremen."

Beide lachten und sie setzte ein Kreuzchen auf ihren Kalender. Ein anderer Anrufer klopfte an. Sie erkannte den Ton, aber sie hatte nie gelernt, wie sie den anderen Anrufer bedienen konnte, weshalb es bald aufzulegen galt.

„Küsschen für deine bessere Hälfte. Ich liebe dich."

Sie legte auf und der anderen Anrufer war noch in der Leitung.

„Schwester Celina grüßt dich. Wer spricht?" Sie war sehr geübt, ihren Gruß am Telefon zu sprechen. Zum Teil bekam sie Anrufer aus der Hotline und daher musste sie immer bereit sein, die Klienten entsprechend zu behandeln.

„Celina, hier ist Sybille. Ich habe für dich heute einen dringenden Termin arrangiert. Kannst du kommen?"

Celina dachte an das warme Bad nach dem Tee, aber das Geschäft ging vor.

„Klar. Was ist denn los?"

„Notfall bei Hilde. Sie kommt mit einer neuen Klientin her, die von Gedächtnisverlust geplagt ist."

Hilde war eine sehr gute Klientin und bezahlte ohne Murren, was bei dem angebotenen Service von Sybille nicht unwesentlich war. Celina dachte kurz über Andalusien nach.

„Kein Problem. Die Schwestern im Licht sind immer für jeden Notfall bereit. Ich bin in zwei Stunden da."

Sie legte auf und machte ein Häkchen an einem anderen Punkt ihrer Liste.

Celina war stolz, gefragt zu sein, und sie wusste, dass ihr Ruf mittlerweile gut genug war.

Seit über einem Jahr plagte sie ein ständiges Jucken an den Füßen und sie holte sich aus der Kommode eine Creme gegen trockene Haut. Als sie ihre Schuhe auszog, spürte sie, wie sich ihre Haut entspannte, und dann zog sie ihre Socken aus. Sie staunte, dass ihre Füße so rot waren, und massierte sie eine Weile. Sie überlegte sich, ob sie einen Arzt besuchen sollte, aber sie musste vorsichtig sein, da ein solcher Besuch beim Arzt ihren Ruf kompromittieren könnte. Sie ging nur zum Arzt, wenn sie in einer anderen Stadt war, in der sie nicht bekannt war.

Sie hob noch eine Mappe mit den Namen ihrer besten Schülerin auf und las die Noten durch. Ja, dachte sie. Fenja war die Richtige für dieses Praktikum und sie wusste, dass sie die richtige Wahl getroffen hatte, da Fenja ihr gegenüber stets gehorsam war.

Heilsame Berührung

Anneliese saß im Warteraum und blätterte in einem alten Magazin, das bestimmt seit zwei Jahren in diesem Wartezimmer herumlag. Die Sessel waren sehr ungewöhnlich. Sie war in den Arztpraxen harte, billige Stühle gewohnt, meistens mit einer leicht abwaschbaren Oberfläche. Auch die Lampen waren nicht in einer billigen Plafonier versteckt, sondern in verzierten fünfarmigen Kronleuchtern aus Kristall.

Bestimmt ziemlich teuer im Antiquariat erworben, dachte Anneliese.

Sie legte das Magazin wieder auf den Biedermeier-Beistelltisch und stellte fest, dass das Magazin garantiert nicht von der Praxis stammte, sondern jemand anderes es hineingebracht hatte. Der Teppich, ein handgewobener Berber, war ein Beni Ourain. Ob sie sich das leisten konnte? Anneliese war trotz ihres Zustands kurz davor, schreiend aus diesem teuren Warteraum zu fliehen.

„Frau Myllent?" Ein orientalisch aussehendes Mädchen kam ins Zimmer. Sie war in Lila und Rosa gekleidet, was ihr das Aussehen einer sprechenden Orchidee verlieh.

„Bin ich dran?"

„Wir machen erst eine Anamnese, bevor Schwester Celina Sie behandelt. Kommen Sie bitte mit mir."

Als die kleine Asiatin merkte, dass Anneliese sich kaum selbst erheben konnte, trat sie an ihre Seite und half ihr in das Besprechungszimmer, das sich gleich neben dem Wartezimmer befand.

In dem Zimmer standen viele Bücher in weißen Regalen an der Seitenwand. Die Titel gehörten alle in den Bereich der Heilkunst. Auf der linken Seite war ein großes abstraktes Bild, das so aussah, als hätte man die ausgelaufene Farbe aus dem Boden einer Malwerkstatt mit einem Handtuch abgewischt und das Tuch an die Wäscheleine gehängt.

Das Mädchen ließ Anneliese auf einer Récamiere Platz nehmen, gab ihr eine Mohairdecke und bat sie, sich hinzulegen. Auf einem rosa Namensschild las Anneliese den Namen des Mädchens: Misuki. Es schien leicht auszusprechen zu sein. Sie hatte meistens Probleme mit fremdsprachigen Namen. Die meisten Türken lachten sich kaputt, wenn sie ihren Namen aussprach.

Anneliese wandte ihre Augen von dieser abscheulichen Huldigung des Dadaismus an der Wand ab und hoffte, sie würde nie so krank, um je Geld für so etwas auszugeben.

Ein rothaariges Mädchen kam herein und stellte ihr eine Tasse Kräutertee auf den Beistelltisch. Sie holte eine Fernbedienung aus dem Arbeitstisch und schaltete eine meditative Musik an. Sie war leise und lud zum Schlafen ein.

„Darf ich dich Anneliese nennen?"

„Klar, Liebes. Wer bist du?" Anneliese lächelt etwas müde.

„Ich bin Fenja und bin hier für die Anamnese verantwortlich."

„Was ist das?" Anneliese wusste nicht, was Anamnese bedeuten sollte.

„Ich stelle einige Fragen zu Ihrem Zustand, erkläre die Leistungen der Praxis und die von Schwester Celina und dann besprechen wir einen Heilungsplan."

„Ach so. Klar. Verstehe ich."

Viele Fragen nach Formalien wie Anschrift, Name, Geburtstag und Ehestand wurden beantwortet. Fenja tippte alles Wort für Wort in eine Computerkartei und wartete immer höflich, bis Anneliese für die nächste Frage bereit war. Der Tee wurde langsam kalt und Anneliese trank ihn mit einem Schluck aus.

Anneliese war von der Professionalität sehr beeindruckt und sie fühlte sich fast wie in einer normalen Arztpraxis, was ihr ein wenig paradox zu sein schien.

Fenja drückte auf eine Taste ihres Arbeitscomputers und setzte die Befragung fort.

„Was kannst du mir über deinen Zustand sagen?"

„Ich wurde vom Arzt angeblich falsch beraten. Danach hatte ich einen Durchfall, der über zwölf Monate anhielt, und das verursachte einen gereizten Darm und jetzt habe ich manchmal Gedächtnisverlust und vergesse manchmal, wo ich mich befinde."

Das orientalische Mädchen namens Misuki kam mit einer anderen Tasse Kräutertee und wechselt diese gegen die bereits ausgetrunkene.

„Trinken Sie bitte das alles aus, damit Ihr Körper für die erste Behandlung vorbereitet wird."

Sie verließ den Raum, als würde sie schweben. Anneliese sah begeistert, wie gut das Team aufeinander abgestimmt war.

Fenja tippte eifrig am Computer und dann hörte Anneliese, wie aus dem neben dem Arbeitstisch stehenden Drucker einige Blätter herauskamen. Ein leichter Dampf von verbranntem Toner verriet, dass sie in dieser Praxis nicht die billigen Tintenstrahldrucker besaßen.

Die Blätter wurden in eine gelbe Patientenmappe eingelegt und auf dem Tisch bereitgelegt.

Die Tür öffnete sich erneut und Schwester Celina kam herein. Sie schaute die Eintragungen Fenjas durch. Sie war schlicht, aber geschmackvoll gekleidet. Keine Muster oder Beschriftungen auf dem T-Shirt und der Stoff sah nach guter Qualität aus.

„Hast du ihr die Reinigung gemacht?"

„Nein. Sie hat bisher nur den vorbereitenden Zentrierungstee getrunken."

Anneliese verstand nichts vom Gespräch und wollte lieber aufstehen und weggehen. Sie schaute wieder auf das abstoßende Werk an der Wand.

„Sie bewundern meinen Marlon?" Marlon war ein Amerikaner, der derzeit in fast aller Munde war. Anneliese hatte bereits irgendwo über ihn gelesen.

„Marlon? Oh mein Gott. Dass ich das persönlich einmal sehe!" Anneliese log mit meisterhafter Verstellung. Trotz ihres Krankheitszustands bemühte sich Anneliese, in Gesellschaft gut dazustehen.

„Er ist bei Heilern sehr beliebt. Seine Gemälde basieren auf einem chemotherapeutischen Konzept, das auch heilend wirkt", erklärte Celina eine Spur zu oberlehrerhaft, aber es kam fast wie selbstverständlich aus ihr heraus.

„Eine sehr ungewöhnliche Arbeit."

„Leg dich hin und lass uns mit der Arbeit beginnen", schlug Celina vor.

„Ich benötige nur die Behandlungszustimmung. Bitte unterschreibe hier." Fenja zeigte mit dem Finger auf einen Vertrag. Anneliese konnte nicht viel lesen, da sie sich zu müde dafür fühlte.

Anneliese unterschrieb und legte sich hin. Fenja deckte sie mit der Mohairdecke zu und die meditative Musik wurde etwas lauter. Nicht viel, aber genug, um Anneliese das Gefühl zu geben, in einem Meer des Nichts zu schweben.

Wie lange welche Behandlung dauerte, wusste Anneliese nicht. Sie schlief zwar nicht, aber sie hörte das, was um sie herum geschah, nur wie von fern.

„Diese Klientin kann ich selbst übernehmen."

„Es wäre super. Du bist auch am Ende deines Praktikums und musst wirklich einige Klienten selbständig behandeln. Anneliese, das ist meine beste Schülerin. Sie ist mein Meisterstück. Sie wird sich um dich kümmern, als wäre ich es selbst. Ich muss mich kurz um andere Klienten kümmern und ich überlasse dich Fenjas heilsamen Berührungen."

Anneliese lag mit geschlossenen Augen auf dem Behandlungstisch und empfand die Situation als etwas peinlich, aber sie machte im Rahmen ihrer Möglichkeiten mit. Die Tür wurde geöffnet und kurz danach wieder geschlossen und zwei Hände legten sich sanft auf den Bauch der etwas verängstigten Anneliese.

„Atme ein und lass dich von der Reinheit des Geistes erfüllen."

Anneliese tat wie befohlen. Fenja war nicht so arrogant wie Schwester Celina und gab Anneliese das Gefühl von Geborgenheit.

„Setz dich, Anneliese. Ich führe nun die erste Heilung durch."

Fenja drückte auf Annelieses Nacken und schob ihre Stirn nach hinten. Dieser Punkt im Hinterkopf schien sehr wichtig zu sein. Anneliese erinnerte sich an mehrere Zeitungsartikel, in denen dieser Punkt erwähnt worden war. Einer der Artikel nannte unter anderen etwas Esoterisches, an dessen Bezeichnung sich Anneliese nicht mehr namentlich erinnern konnte.

Als sie einatmete, wie ihr gesagt worden war, spürte sie, wie eine reinigende Luft ihren Körper durchströmte. Es prickelte in ihrem ganzen Körper. Ein Gefühl, als würden tausende kleiner Nadeln ihren Körper durchstechen.

Anneliese stand auf und spürte, wie Fenjas Finger steif wurden und die Durchblutung in ihrem Körper anregten.

Fenja fuhr mehrmals mit den Händen an Annelieses Körper von oben bis unten hinab und Fenja spürte, wie ihre Finger brannten.

„Sei geheilt!"

Wie in einer Ohnmacht fiel Anneliese wieder auf die Récamiere und atmete schnell. Sie wusste nicht, was geschehen war, aber sie spürte, dass Fenja sie gereinigt hatte.

„Wie fühlst du dich?"

„Es ist unglaublich. Ich kann nicht beschreiben, aber du gibst mir das Gefühl, dass es mir jetzt anders geht."

„Komm doch zu unserem Treff am Donnerstag. Da sprechen wir über das Leben ohne Medizin und die Gifte der modernen Gesellschaft."

Das orientalische Mädchen kam herein und brachte einige Papiere und eine Tüte mit sich, welche sie auf den Beistelltisch legte.

„In dieser Woche muss du die erste Reinigungsdiät machen. Nur das, was hier geschrieben steht, darf gegessen werden und von unserem Tee müssen mindestens eineinhalb Liter am Tag getrunken werden."

Die Musik verklang und Fenja holte die Papiere vom Tisch und übergab sie Anneliese.

„Hier sind Instruktionen für Schlafzeit und körperliche Aktivitäten und eine Empfehlungskarte. Bei jeder Empfehlung kannst du fünf Prozent Rabatt für deine Behandlung bekommen."

Oh ja, es stimmt. Ich muss eine Rechnung bezahlen, dachte Anneliese mit leichter Enttäuschung.

Eins der Blätter war die Behandlungsrechnung für eine Ernährungs- und Lifestyle-Beratung. Die exorbitante Summe war dezent in grau abgedruckt, aber dennoch nicht übersehbar.

„Ich begleite dich zum Sekretariat."

Fenja war so mitfühlend und charismatisch. Anneliese war geradezu betört von ihrer Anmut.

„Falls es irgendetwas gibt, was dich stört, oder wenn du dich unwohl fühlst, ruf mich an und ich komme sogar zum Hausbesuch vorbei."

Fenja verabschiedete sich und nahm sich der nächsten Klientin an, die bereits im Foyer wartete.

„Oh Fenja, wie schön, dass du wieder Zeit für mich hast. Ich wollte meine Reinigung nur mit dir durchführen. Du bist die Einzige, bei der die Behandlung wirklich wirkt." Die ältere Dame sprach offensichtlich aus Erfahrung und das beeindruckte Anneliese.

Anneliese legte ihre Bankkarte und die Rechnung auf den Tisch der Sekretärin. Die Sekretärin war genauso professionell wie sympathisch.

„Darf sonst noch was sein?"

„Ja. Ich muss in einer Woche wieder zu einem Reinigungstermin. Heißt es so, oder?"

„Ach ja. Der zweite Termin ist nur ein Körperabstimmungstermin. Leider ist Schwester Celina in einer Woche in Düsseldorf. Sie hat einen Kongresstermin." Die Sekretärin blätterte im Computer und betätigte das Kartenlesegerät, das die Abbuchung des Rechnungsbetrages bestätigte. Sie riss den Beleg ab und übergab ihn Anneliese.

„Wie wäre es eine Woche später?"

„Ach nein. Ich möchte einen Termin mit Fenja, wenn ich mir das aussuchen darf."

Es war unübersehbar, dass die Sekretärin die Augenbrauen hochhob. Offensichtlich war die Beliebtheit Fenjas bereits zum Thema in der Praxis geworden.

„Nun." Die Sekretärin war etwas unsicher, da Fenja nur eine Praktikantin war, aber viele Klienten wollten einen Termin mir ihr haben. Deshalb öffnete sie schnell ein neues Kalenderblatt.

„Ja. Ich habe einen freien Termin für Sie."

Ob Celina diese Entwicklung geahnt hatte oder nicht, Fenja war offensichtlich mehr als eine Praktikantin geworden. Sie zeigte die gleichen Fähigkeiten, die Celina selbst vor zwölf Jahren in ihrem eigenen Praktikum gezeigt hatte, aber mit einer Spur mehr Charisma. Das konnte sich zu einer guten Zusammenarbeit entwickeln, solange Fenja nicht selbständiger werden würde.

Der Seminarraum war zum Bersten gefüllt. Alle zweiundfünfzig Stühle, die normalerweise mehr als zur Hälfte unbesetzt blieben, waren bereits belegt und einige neu ankommende Gäste holten weitere Sitzgelegenheiten aus dem Nebenraum.

Celina hatte mehrere Kleider, die sie speziell an solchen Abenden mit Ted trug. An diesem trug sie Gelb. Ihre Ballerinas waren samtig gelb. Der Rock hatte zwei Stufen, wobei der äußere aus leichtem Chiffon war, was mit dem ebenfalls samtigen unteren Rock mit den Ballerinas harmonierte. Die Bluse wurde von einem spanischen Schal umrandet und ihre Haare waren in einen Frühlingszopf gelegt und mit Zierblüten dekoriert. Ted war sehr stolz auf das Ergebnis, aber der hektische Ton, den Celina pflegte, machte ihn etwas nervös, da er das sonst harmonische Bild von der ‚Schwester Celina' störte.

„Mizuki!", rief Celina nach dem orientalischen Mädchen. Ted entfernte sich und versuchte seine Verärgerung über Celinas Benehmen zu unterdrücken.

Mizuki war sehr stolz auf ihren Name und ihre Herkunft. Wie ihre Mutter ihr beigebracht hatte, bedeutete ihr Name ‚schöner Mond', weil sie in einer Vollmondnacht zur Welt gekommen war. Leider hatte sie nie Japanisch gelernt und die vielen Fragen dazu, wie etwas auf Japanisch heißen sollte, begleiteten sie ihr Leben lang wie ein Fluch. Sie versuchte Ordnung in den Ansturm zu bringen und mit einer Hand bedeutete sie Celina, dass sie gleich zu ihr kommen würde.

„Fenja!", rief Celina wieder in dem gleichen Befehlston, den sie normalerweise pflegte, nach der anderen anwesenden Mitarbeiterin im Raum.

Fenja schien in den letzten Monaten ihren Wert für die Praxis erkannt zu haben. Seit sie ihr Praktikum abgeschlossen hatte, wuchs ihre Bekanntheit bei den Klienten, die immer mehr Termine nur bei ihr buchen wollten. Parallel dazu wuchs auch, zu Celinas Leidwesen, ihr Selbstbewusstsein.

„Nicht jetzt, Celina. Ich muss kurz mit Dolores sprechen." Fenja machte ein sanftes Zeichen mit der Hand, das jedoch Celina wie eine Ohrfeige traf. Auf einmal war sie nicht mehr Schwester Celina, sondern nur Celina und mit einem Handzeichen brachte sie dieses Mädchen zum Schweigen. Sie rang um Fassung, versuchte die Wut über ihren verletzten Stolz hinunterzuschlucken und rief dann die Sekretärin, die auch gerade mit zwei Stühlen in den Tumult hineinkam.

„Sybille, bitte." Diesmal war kein Befehlston in Celinas Stimme zu erkennen, sondern eher Verzweiflung.

„Was ist, Celina? Heute ist es schwierig, Ordnung zu schaffen, und wir brauchen einen größeren Raum oder weniger Besucher. Ted hat sich zu sehr ins Zeug gelegt und offensichtlich hat er vergessen, dass wir nur zweiundfünfzig Plätze im Raum haben." Sybille war außer Atem und man sah an ihren Achseln, dass sie übermäßig schwitzte.

Sybille war nicht nur eine Sekretärin, sondern die Eigentümerin der Praxis. Sie vermietete die Räume an Heiler und Heilerinnen, Psychotherapeuten und zwei

Anwältinnen. Sie hielt sich bescheiden im Hintergrund und versuchte auch ihre Stunden als Sekretärin zu verkaufen, und das mit Erfolg.

In den vergangenen sechs Jahren war Celina die Hauptattraktion der Praxis gewesen, aber sie hatte sehr früh erkannt, dass Fenja eine liebevollere Art besaß und sich viele Klienten davon angesprochen fühlten. Celina war autoritärer und beeindruckte viele, die von einer Heilerin ein härteres Anfassen erwarteten, aber jene, die diese Art nicht so schätzten, flogen auf Fenja wie Bienen auf Feldblumen. Zugegeben, manche der männlichen Klienten schienen den Befehlston von Celina zu mögen, aber es waren auch nicht die besten Klienten, wie Sybille meinte.

„Wir sollten die Fenster öffnen oder es werden hier einige ersticken. Wieso sind so viele gekommen? Ich rechnete mit maximal zwanzig Personen.“

Celina war überrascht und in all den Jahren, in denen sie mit Sybille zusammenarbeitete, hatten sie nie mehr als zwanzig Besucher an einem Infoabend gehabt.

Sybille schaute zum Boden, überlegte kurz und blickte zu den Fenstern.

„Ja, Liebes. Du hast recht. Ich mache die Fenster auf.“

Sybille verschwand und Celina rätselte weiter über die Ursachen des Ansturms. Sie erkannte auch, dass Fenja sich bei den Klienten sehr beliebt gemacht hatte und dass sie sich in Acht nehmen musste. So entschied sie sich für eine Unterhaltung mit einigen ihrer ältesten Klienten.

„Ludwig. Mein Lieber. Wo bist du so lang gewesen? Ich habe dich seit zwei Monaten nicht mehr gesehen."

„Schwester Celina. Elegant und charmant wie immer." Celina war von den Schmeicheleien sehr angetan, aber ihre Frage blieb unbeantwortet.

„Wann kommst du wieder? Wir sollten deinen Reinigungszustand prüfen und deine Kräuter sollten längst alle sein, oder?"

„Fenja war bei mir zu Hause und das war für mich einfacher, weil ich nicht so gut gehen kann."

„Ach wirklich?"

„Habt ihr das nicht abgesprochen?"

Celina überlegte kurz und atmete tief ein.

„Sicher, aber bei so vielen Menschen, wie wir in der Praxis haben, bin ich froh, wenn meine Assistentinnen etwas selbständig übernehmen." Sie sprach sehr damenhaft und umarmte Ludwig kurz und ging auf Sybille zu.

„Seit wann geht Fenja zu meinen Klienten nach Hause?"

Sybille lief leicht rot an und es war zu spüren, dass sie darüber Bescheid wusste.

„Celina, reden wir morgen, weil der Abend gleich anfängt und das Thema längere Zeit in Anspruch nehmen wird."

Ein leichter Anflug von Wärme schoss von unten nach oben und Celina wurde etwas schwindelig. Was sollte besprochen werden? Sie war sich sicher, dass alles bisher nach ihren Wünschen gelaufen war und sie alles unter Kontrolle hatte. Oder nicht?

Mizuki kam nach vorne und hielt einen mongolischen Handgong und ein dazu passendes Hämmerchen in der Hand. Sie schlug darauf und der gedämpfte Laut erfüllte den Raum. Sybille drückte auf die Fernbedienung und ließ ein Musikintro ablaufen.

Celina trat neben Mizuki und lächelte ins Publikum.

„Es freut mich, hier so viele meiner früheren Klienten wiederzusehen. Einige von euch habe ich seit über zwei Jahren nicht mehr gesehen und es freut mich, dass die Methode der Quantenheilung euch so sehr geholfen hat, dass ihr ein Leben frei von den Giften der Medizin leben konntet. Heute stellen wir unsere neuen Kolleginnen in der Praxis vor."

Endlich waren alle still geworden und die warme Luft aus Richtung Publikum stieg Celina ins Gesicht und ließ sie umso mehr den kalten Wind auf ihrem Rücken spüren, der von außen kam.

„Wir sind gewachsen und das danken wir eurer Treue und Genesung."

Über eine Stunde sprach Celina über die neuen Methoden der mediunischen Heilung und wie Ärzte in Ländern wie Brasilien, Argentinien oder sogar Japan bereits ähnliche Methoden kombiniert mit der Medizin anwendeten. Allerdings, wenn jemand nach Beweisen fragte, gab sie den Hinweis auf die anschließende Fragerunde. Die anderen Kolleginnen kümmerten sich um Gäste, die den

Frieden störten, und so verlief die Show weiterhin perfekt.

Der Musik im Hintergrund wechselte sanft zu einem meditativen Duett von Orgel und Hansa-Vina, einem Saiteninstrument aus Indien, und eine Sopranstimme sang im Hintergrund ein Mantra. Ted hatte über alle Details des Abends nachgedacht und setzte seine Pläne mit dem Team meisterhaft um.

Fenja drehte den Dimmer an der Wand und der Raum wurde dunkler und die Farbe Lila aus den Nebenleuchtern kam besser zur Geltung. Die Beleuchtung in diesem Raum hatte ein Vermögen gekostet, aber seitdem dort Infoabende stattfanden, hatte sich die Zahl der Kunden fast verdoppelt.

Celina kannte dieses Lichtzeichen und wusste, dass nun das Heilungsgebet des Abends an der Reihe war. Sie gab Fenja und Daniella, der anderen Assistentin, ein Zeichen und sie kamen ebenfalls nach vorne.

„Jetzt heben wir gemeinsam unsere Hände zum Kosmos und rufen die heilenden Kräfte, die in uns wohnen, herauf. Lassen wir diese sich mit dem Kosmos verschmelzen und teilen wir unsere Kräfte mit jedem in diesem Raum, der eine Heilung benötigt."

Daniella und Fenja gingen von einer Seite des Raums zur anderen und fassten kurz die erhobenen Hände der Klienten, die nach Heilung riefen.

„Damit die Geister mich bei der Heilung an diesem Abend inspirieren, sollen jene, die den Wunsch nach Heilung verspüren, nach vorne kommen und sich hier zu uns stellen."

In der ersten Reihe war bereits alles für die Bedürftigeren vorbereitet. Mizuki notierte sich die Namen derer, die nach vorne kamen, da sie anschließend von ihr einen Heilungsbesuch angeboten bekommen sollten. Wieder schlug Mizuki ihren Handgong sanft an.

Fenja kam von links zu den Bedürftigeren und Daniella von rechts und Celina blieb majestätisch in der Mitte und rief weiterhin nach ihren Geistern. Spots am hinteren Teil des Raumes richteten sich wie auf einer Bühne auf Celina und gaben den Teilnehmern des Abends den Eindruck, als wäre diese Veranstaltung wirklich vom Kosmos berührt. Egal was das bedeuten sollte. Zwar hatte jeder eine Ahnung, was das in etwa bedeuten sollte, aber keiner wusste es so ganz genau, darum schwiegen alle und genossen im Chor.

Mit einer Hand auf der Stirn des Klienten und die andere auf der eigenen Stirn gingen die beide Assistentinnen durch das Publikum der ersten Reihe und diese Personen waren nach der Berührung benommen und zum Teil benötigten sie Hilfe, um sich wieder hinzusetzen. Mizuki achtete darauf, dass keiner hinfiel, da ein Versicherungsfall das Letzte gewesen wäre, was man sich an einem solchen Abend wünschte.

Plötzlich sackte Dolores in sich zusammen und konnte nur mit Mühe von Fenja gehalten werden. Alle eilten hin und Celina blieb starr in ihrem Gebet. Dolores wurde auf den Boden gelassen, wo sie sich hinlegte.

Als beide Assistentinnen ihre Anteile an dieser Darstellung beendet hatten, gingen sie zu Celina und fassten sie kurz am Arm, als Zeichen dafür, dass sie fertig waren.

Celina öffnete kurz die Augen, um das Zeichen zu bestätigen.

„Seid geheilt und geht in Frieden in den Abend."

Die Lichter wurden von Sybille wieder auf normal geschaltet und ein Gospel kam schreiend, vielleicht eine Nuance zu unsanft, aus den Lautsprechern. Ted machte sich Notizen, um dieses Detail für das nächste Mal zu korrigieren.

Fenja beugte sich leicht zu Celina hinüber und sprach zum Publikum.

„Unser Tee wartet auf euch draußen bei Mizuki. Ich komme gleich zu euch."

Einige lachten freundlich, andere beschwerten sich über den unbequemen Sitz und wieder andere genossen die neu gewonnene Gesundheit.

Nur eine schien mit den Abend nicht ganz zufrieden zu sein.

„Fenja, Liebes." Celina musste die Fronten klären, weil sie langsam das Gefühl bekam, dass beide um dieselbe Klientel buhlten.

„Ja, Celina?"

„Das sind meine Klienten. Ich sage, wann der Tee serviert wird, und wenn ich deine Hilfe benötige, werde ich es dir sagen lassen. Danke."

Die Konversation war nur für eine halbe Sekunde unterbrochen. Fenja schaute Celina in die Augen und lächelte sanft.

„Ich heile dich, Schwester. Sanftmut soll dich erfüllen."
Sie hob ihre rechte Hand auf Celinas Stirnhöhe und mit
ihrer linken Hand fasste sie sich an die Brust.

Nach dem kurzen Gebet ging sie zum Empfangsraum, als
hätte Celina nichts gesagt. Celina blieb mit halb
geöffneten Mund auf der Stelle stehen und überlegte
sich, wo sie einen Fehler gemacht hatte. Sie war sich
sicher, dass diese Frechheit etwas mit jugendlicher
Rebellion zu tun hatte. Als Fenja im Empfangsraum
ankam, tauschte sie Küsse und Umarmungen mit vielen
der Anwesenden. Dolores, die bereits wieder bei Sinnen
war, sprach laut über Fenjas Heilkräfte und wie sie den
Strom spürte, der ihren Körper aus Fenjas Hand
kommend durchlief.

Fragende Klienten umzingelten Dolores und hörten
aufmerksam zu, wie Fenja ihre Kräfte erklärte.

Celina erkannte, dass Fenja während ihrer verschiedenen
Reisen zum Star in der Praxis avanciert war. Nun, dachte
sie, es war zu erwarten, dass ein Mädchen mit so viel
Begabung wie sie sich einmal selbständig machen würde.
Es war wirklich nicht anders zu erwarten gewesen. Sie
versuchte die Lage zu bagatellisieren und rettete ihren
verletzten Stolz mit einer Abwertung der verlorenen
Klienten. Man könnte sagen, dass sie die Rolle des
Fuchses in der Fabel übernahm und sich freute, weil ihr
die entgangenen Trauben, in diesem Fall die Klienten,
ohnehin zu viel Arbeit gemacht hätten. Sie ging in den
Empfangsraum und suchte das Gespräch mit einigen ihrer
treuen Klienten.

„Mario! Mario!", rief Celina einem Mann um die vierzig zu, den sie zu ihren aktiven Klienten zählte. Er war vor allem so gutaussehend, dass sie wusste, dass andere Frauen sich wünschen würden, mit ihm zu sprechen, nur wegen des Genusses, diesen Mann kennen zu lernen.

„Schwester Celina", begrüßte er sie.

„Oh bitte, heute bin ich nur Celina", lachte sie kokett.

„Ich wusste nicht, dass diese Praxis so gut besucht ist", staunte er.

Mizuki verteilte um sich herum Terminanfrageformulare und man konnte förmlich hören, wie in ihrem Kopf die Kasse klingelte.

„Ach ja. Ich bin sehr oft unterwegs, aber seit Daniella und Fenja mit dem Praktikum fertig sind, haben sie vieles hier für mich übernommen."

„Ja, stimmt. Fenja ist inzwischen sehr begehrt. Ich musste fast zwei Wochen auf einen Termin bei ihr warten."

„Wieso bist du nicht zu mir gekommen. Ich war diese Woche da und war fast frei." Das war eine glatte Übertreibung. Celina hatte sich krankgemeldet, nachdem sie nur zwei Termine eingetragen bekommen hatte, und hatte sich gefreut, dass Daniella diese Termine wahrnehmen musste.

„Es hat sich so ergeben. Es freut mich, dass du wieder da bist."

In diesem Moment kam Fenja auf Mario zu und umarmte ihn, für Celinas Geschmack ein wenig zu innig.

Celina setzte sich neben den Teetisch und unterhielt sich mit einigen der älteren Damen, die sie kannte, und langsam gingen einige der Klienten nach Hause.

Das Wetter draußen war kühl und feucht und durch die offene Tür fast unangenehm zu spüren, aber da die Augen der meisten wegen des Sauerstoffmangels tränten, entschied sich Sybille, die Türen und Fenster weit zu öffnen.

Daniella war nicht sehr gesprächig und fühlte sich besser als Kassiererin und verkaufte die Tees, die Mizuki den Klienten aufgeschwatzt hatte.

Eine Stunde später war der Raum fast leer, bis auf die letzte Klientin Dolores.

„Du bist ein heiliges Mädchen. Seit ich hier bin, fühle ich, wie ich durch deine heilenden Hände wieder meine Kräfte erlange."

„Ich werde alles in meiner Macht tun, dass du ganz die alte wirst." Fenja war sehr charmant und Celina hörte, wie sicher sie jetzt sprach. Welcher Unterschied zwischen dem früher scheuen und etwas chaotischen Mädchen und der jetzigen Konkurrentin! Ja, sie verstand jetzt, sie waren wirklich Konkurrentinnen und offensichtlich hatte Fenja die besseren Karten. Wie Celina ja eben gehört hatte, besaß Fenja tatsächlich heilende Hände.

Dolores schaute ihren Terminkalender im Computer an. Sie hatte an diesem Tag einen Heilungstermin. Ihrem Rücken ging es viel besser. Jetzt wollte sie nur, dass ihre Blase sich nicht mehr so oft spontan entleerte. Es war unangenehm und es war schlimmer geworden. Sie wollte auch ihre Nichte Aurora zum Termin mitnehmen. Aurora war fetter als ein Nilpferd und wenn es mit ihr so weiterginge, würde sie noch vor ihrem dreißigsten Geburtstag einen Herzinfarkt erleiden.

Dolores überprüfte ihren Bürotisch und stellte fest, dass die Tischleuchte geputzt werden musste, wie auch der Rest des Tischs, der mit einem Haufen Papier bedeckt war. Sie verkaufte Kosmetika von Haus zu Haus und durch die Konkurrenz des Internets bekam sie in der letzten Zeit eine Menge Probleme. Vor allem, weil sie ihre Heilungskosten selbst bezahlen musste, und das war nicht billig.

Sie suchte den Telefonapparat. Die Drahtlosen haben den Nachteil, dass sie manchmal in Schubladen verschwinden oder sie in der Toilette vergessen werden.

Während sie suchte, schellte es an der Tür. Es musste die Lieferung des Tages sein. Wie Mizuki ihr empfohlen hatte, könnte sie ihre Heilungskosten senken, wenn sie neue Kundinnen anwarb. Wenn sie zwanzig neue brächte, würde sie Fenjas Dienste absolut kostenfrei nutzen dürfen.

Sie war sehr begeistert von dem Angebot, vor allem, weil sie bereits zwölf neue Kundinnen in die Praxis gebracht hatte und alle begeisterte Klientinnen geworden waren.

Sie öffnete die Tür und wartete, bis der Paketfahrer die Treppe hinaufkam. Die mühseligen Schritte, die die Treppe hinaufschlürften, konnten aber unmöglich einem Paketboten gehören.

„Hallo? Aurora?"

„Ich kann nicht reden und gleichzeitig die Treppe hinaufsteigen. Warte, bis ich hochgekommen bin", stieß Aurora hervor, die bereits nach den ersten Stufen der alten Holztreppe des Hauses außer Atem geraten war.

Die Bretter knirschten laut und Dolores hoffte, dass keins nachgeben würde.

„Mein Gott. Es ist heute so warm", sagte die pustende Aurora, als sie die letzte Stufe erklommen hatte.

Dolores wusste, dass es unmöglich die Wärme sein konnte. Sie sah etwas Fett an Auroras Mundrändern glänzen. Sie war sich sicher, Aurora war wieder in einem Fast-Food-Restaurant gewesen und hatte schon nach dem Frühstück wieder etwas gegessen.

„Komm rein, Kind. Setz dich. Du schwitzt zu viel. Ich gehe heute zu meiner Heilerin. Sie hat mir erklärt, dass für dich nur eine Diät in Frage kommt. Sie hat ja eine Spezialausbildung als Nutritionistin. Ich habe ihren Lebenslauf im Internet gelesen und der ist wirklich beeindruckend."

Die Tatsache, dass alle Ausbildungen von anderen Laien durchgeführt wurden und die erworbenen Qualitätssiegel eigentlich von Sybilles Ehemann erfunden worden waren, erfuhr man im Internet natürlich nicht.

„Ach, Tante. Das ist nur eine Schwätzerin wie alle anderen. Ich brauche eine Diät, das ist mir klar, aber die Krankenkasse bezahlt sie nicht."

„Ich bezahle die Behandlung für dich und wenn du zwanzig Kunden bringst, ist deine Behandlung kostenfrei." Dolores überreichte ihrer Nichte den Praxisprospekt.

„Wow. Du hast bereits zwölf Stempel darauf."

„Ich bin nun mal fleißig. Ich warte nur auf mein Paket, dann besuche ich einige Kundinnen, die ich auch zur Praxis mitnehmen will, und ich denke, wenn alle mitmachen, habe ich bis zum Monatsende meine Quote für eine komplette kostenfreie Behandlung erfüllt."

Dolores ging vom Wohnzimmer in die Küche und holte etwas kaltes Wasser aus dem Kühlschrank und stellte das Glas auf einen Bierdeckel neben Aurora, die immer noch ziemlich stark schwitzte.

Ihre Wohnung war schlicht eingerichtet. Viele Erinnerungen aus Peru zogen in den Regalen den Staub an. Man sah am unteren Rand, dass Dolores selten ein Staubtuch in die Hand nahm.

Das Telefon klingelte irgendwo. Dolores wollte Aurora bitten, den Apparat zu suchen, aber weil der Anrufer bestimmt schon aufgelegt hätte, bevor die sich vom Sofa erhoben hätte, suchte sie den Apparat selbst und fand ihn am Boden unter der Tageszeitung neben ihrem Arbeitstisch.

„Ferreira", nannte Dolores dem Anrufer deutlich ihren Nachnamen.

Sie nickte und bestätigte einige Male und dann bedankte sie sich.

„Danke, Sybille. Das ist fantastisch von dir. Ich werde mit meiner Nichte am Ende des Tages kommen. … klar … verstehe ich … ach so … Tschüüß."

Dolores schrieb alles in den Computer und dann legte sie ihre Lesebrille ab. Nach so vielen Jahren, die sie bereits in Deutschland lebte, waren keine Spuren mehr aus Peru an ihr zu erkennen. Die Gelassenheit und der Witz der Peruaner wurden durch penibleren Umgang und ein fast ungesundes Misstrauen ersetzt.

„Ich habe einen Termin ausgemacht und du kommst mit mir. Wenn du etwas weniger Geld für den Dreck, den du unterwegs isst, ausgibst, dann hast du auch Geld für deine Behandlung."

Aurora gab nach und sie verstand auch, dass das Ganze nur zu ihrem Besten war. Ob sie an die Macht dieser Heilerin glaubte oder nicht, war überflüssig zu diskutieren. Ihre Tante Dolores hatte das für sie entschieden und sie fand es besser, nicht zu widersprechen.

Dolores konnte ihr Paket noch am Vormittag empfangen und Aurora blieb allein in der Wohnung, wo sie das Fernsehprogramm anschaute. Die verschiedenen Modelsendungen zeigten kokette Mädchen, die sich mit nasaler Stimme über eine misslungene Frisur beschwerten, als wäre das das Ende der Welt. Aurora erinnerte sich an ihre Morgentoilette und daran, dass sie die Waage seit mehr als zwei Jahren nicht benutzen konnte, weil sie die durch ihren Bauch verdeckten Zahlen nicht mehr sehen konnte.

Ein anderes Mädchen täuschte mit schlechter dramaturgischer Leistung eine Trauer über ihr Kleid vor, das wegen einer anderen Banalität kaputtgegangen war. Es folgte ein langweiliger Bericht nach dem anderen und so schlief Aurora im Sofa ein.

Zwei Stunden später öffnete Dolores wieder die Tür und vom Geräusch des Schlosses wachte Aurora auf.

„Gib mir nur fünf Minuten und wir gehen los."

Aurora ging noch in die Toilette und schaute sich wieder im Spiegel an und dachte, sie habe außer einigen Pfunden nichts zu verlieren.

Der Weg

„Sybille!", rief Fenja, die etwas in Eile war, als sie hereinkam.

„Wie viele Termine haben wir heute?", erkundigte sie sich.

„Wir haben eine neue Praktikantin einzuweisen und Daniella verlässt uns bis Ende der Woche. Du darfst das nicht vergessen."

Nicht jeder ist für diesen Beruf geboren, erkannte Fenja. Ihre roten Haare waren elegant geflochten und alle konnten sehen, dass sie beim Friseur gewesen war. So wie sie aussah, war sie zusammen mit Ted beim Friseur.

„Daniella hätte es sowieso nicht weiter geschafft. Keiner der Klienten hat besonders viel Spaß mit ihr gehabt und ich glaube, sie riecht aus dem Mund. Das verscheucht auch einige der Klienten." Sybille fächelte sich Luft zu, als würde sie den Mundgeruch spüren.

„Ich kann das nachvollziehen. Auch mit den Duschen hat sie ihre Probleme und als Heilerin ist peinliche Sauberkeit angesagt."

„Oh ja." Sybille hob die Augenbrauen und schürzte die Lippen, wie wenn sie sich ekelte.

„Wer ist die Neue?"

„Celina meint, dass sie mit dir die Schule gemacht hat, aber sie musste drei Monate nachsitzen, aber sie wäre sehr nett."

„Ach. Ich denke, ich weiß, wer sie ist. Schau ma mal."

Sybille drehte ihren Computerbildschirm zu Fenja und präsentierte demonstrativ ihre Arbeit für den neuen Prospekt.

„Ist das Aurora?" Fenja war selbst verblüfft.

Aurora war seit sechs Monaten in Behandlung und hatte mehr als fünfzig Kilo verloren, beinahe zehn Kilo pro Monat, und es schien, dass sie noch weiter abnehmen würde.

„Wie hast du das geschafft? Als Aurora hier zum ersten Mal erschien, dachte ich, sie würde bald an einem Herzinfarkt krepieren. Schau dir diese Figur an."

Sybille war hellauf begeistert. Bei diesem Erfolg konnte sie bald mit neuen Klientinnen rechnen. Es schien, dass ihre Entscheidung, Fenja zu einer mit Celina gleichgestellten Partnerin zu machen, die richtige gewesen war.

Viele der Klienten schworen auf Fenjas Leistungen und mit diesem zusätzlichen und unerwarteten Erfolg musste sie unbedingt Werbung machen.

„Ich wandte Hypnose und die Ingwertinkturen an, die Celina entworfen hat. Ach ja, und das Teebaumöl Pomander."

Sybille überlegte kurz, ob sie beichten sollte, dass das Rezept der Ingwertinktur aus einer Frauenzeitschrift stammte und sie das Teebaumöl Pomander bei einem indischen Importeur für einen Preis kaufte, der fast niedriger als der für die Flasche war, in die das Produkt verpackt war. Sie entschied, dass es besser sei, dieses

Geheimnis für sich zu behalten, da Fenja in der Branche noch sehr neu und unverdorben war.

„Ich wusste nicht, dass du auch Hypnose kannst."

„Steht aber auf meiner Website. Eigentlich hast du das selbst geschrieben. Ich habe noch im Institut diesen Vortrag nur mal so besucht. Den Kurs habe ich nicht belegt, denn als ich feststellte, wie einfach das ist, habe ich mir das Geld dafür gespart."

Naja. So naiv klang Fenja ja doch nicht, dachte sich Sybille.

„Ich muss doch erzählen, dass offenbar deine Hypnose wirklich etwas bewirkt, denn die beiden Produkte, die du anwendest, sind absolute Placebos. Mizuki verkauft jeden Scheiß, den man ihr gibt. Ich glaube, das hat sie von den Asiaten geerbt." Sybille konnte Geheimnisse nicht lange für sich behalten und in diesem Fall brach sie ihren bisherigen fünfzehnminütigen Schweigerekord.

„Wirklich?" Fenja war sehr überrascht, aber sie empfand auch etwas Lustiges dabei.

„Wir müssen mit irgendetwas zusätzlich verdienen, weil Miete, Mizuki und Sonstiges viel Geld kosten, und Celinas Einnahmen von ihren Klienten haben bisher nur knapp für die Deckung der Spesen ausgereicht. Aber es sind gute Produkte und du musst sie weiterempfehlen. Wir bekommen jetzt eine Reihe von Badeseifen, die angeblich auf die Haut und beim Abnehmen wirken sollen. Das sind Seifen mit Thermopflanzen gemäß der ITO-Thermie nach Dr. Kin-itsu Ito aus Japan. Wir wollen auch die Massagetermine damit belegen. Ich habe eine

Thailänderin und eine Brasilianerin, die sich damit aus-
kennen, und sie werden hier die Termine übernehmen."

„Gut, gut. Das ist ein Fortschritt." Fenja hielt kurz inne,
überlegte, malte einen Kreis in die Luft und dann schaute
sie wieder zu Sybille.

„Pro Empfehlung bekomme ich wieviel?"

„Fenja! Bitte. Es ist nicht alles nur Geld, was man bei der
Heilung macht." Der Versuch, seriös und unbestechlich zu
wirken, ging jedoch ziemlich schief.

„Zehn Prozent und keinen Cent mehr. Ich bin sehr knapp
bei Kasse."

„Perfekt. Kommt Aurora heute wieder?"

„Ja." Sybille lächelte so breit, als wäre sie zu einem Party-
clown geworden.

„Ich habe extra eine Freundin von Ted angerufen, die eine
Reportage über deinen Erfolg machen soll. Wir kommen
bestimmt ins Fernsehen."

„Oh mein Gott, oh mein Gott." Fenja sprang mehrmals
hoch vor Freude.

„Ja, und wir müssen uns zusammensetzen und überlegen,
wie wir damit umgehen wollen. Sollen wir mehr Termine
wahrnehmen, dann brauchen wir noch ein oder zwei
Mitarbeiterinnen hier, oder erhöhen wir die Preise?"

„Nein. Wir holen uns weitere Praktikantinnen und wir
bilden sie nur in wenigen Behandlungsmethoden aus,
damit sie uns keine Konkurrenz machen können. Und ich

mache in der Hauptsache mit der Hypnose weiter. Die Produkte können weiter von Mizuki verkauft werden."

An der Tür klingelte es und die Türanlage brummte zum Zeichen, die Tür aufzuschließen.

Aurora kam munter durch die Tür. Sie trug ein etwas zu breites, lila Kleid und schwarze Leggings. Ihre Ballerinas waren sehr schön und offensichtlich neu. Seit sie so viel abgenommen hatte, fing sie an, ihre Garderobe zu erneuern. Jedoch schienen die Kleider vom letzten Monat jede Woche größer geworden zu sein.

„Hi", begrüßte sie die beiden Frauen im Empfangsraum. „Ich muss etwas gegen meine überschüssige Haut machen. Ich bekomme schlimme Wunden in den Falten. Abnehmen ist schön, aber es ist auch anstrengend." Sie hob ihr Kleid weit hoch und zeigte die Hautlappen, die unter ihrem Bauchnabel herunterhingen. Das war zugegeben mehr als das, was die anderen Damen sehen wollten, aber es war Teil des Berufs und die ungenierte Aurora war sich dabei keiner Schuld bewusst.

Sybille und Fenja gaben einen leisen Laut von sich. Der Schreck war nicht leicht zu verkraften. Unter den Falten war die Haut tief rosa und einige schreckliche Pickel waren auch zu sehen.

„Es war vorauszusehen, dass das passiert. Aber kein Problem, Aurora. Wir werden noch zwei Reinigungstermine machen und dann fangen wir eine ITO-Thermotherapie nach Dr. Kin-itsu an und du wirst wie neu aussehen." Fenja konnte alles immer so charmant erklären und Sybille staunte, mit welcher Gelassenheit sie dies nach dem Schock aussprach, den beide beim Anblick von Auroras Bauch bekommen hatten.

„Setze dich ins Wartezimmer und wir rufen dich bald zur Behandlung."

Aurora lächelte schüchtern und ging zum Wartezimmer. Trotz des neuen Körpers litt sie noch an den Ausgrenzungen aus früherer Zeit, als sie noch zu dick war. Sie war scheu geworden und hätte sich lieber unsichtbar gemacht.

„Ich bringe sie in den Behandlungsraum und mache ein Foto für unsere Website", kündigte Sybille an.

„Prima. Wann kommt Dolores?"

„Sie kommt bestimmt gleich. Sie hat uns bereits zweiundzwanzig Kundinnen gebracht."

„Dann ist sie die erste Kundin mit voller Kostendeckung. Das solltest du auch auf der Website publizieren. Schreib es lieber in den Blog rein."

Der Termin mit Aurora verlief wie gewöhnlich. Sie bekam einige Hautcremes auf die Wunden aufgetragen. Obwohl die Praxis nach dem Grundsatz geführt wurde, Abstand zur Medizin und zu Medikamenten zu bewahren, entschied sich Fenja, der Hautcreme etwas Heilsalbe beizumischen, und trug sie auf Auroras Haut auf.

Die schlimmen Narben früherer Entzündungen waren deutlich zu erkennen und der beißende Geruch des festgehaltenen Schweißes stieg aus den Hautfalten auf.

„Kann ich etwas tun, damit sich meine Haut bessert?" Aurora hatte mehrmals gehört, dass sie ihre eigene

Heilung ohne ärztliche Hilfe erreichen könnte, aber im Gegensatz zu dieser Annahme schien das jetzt nicht so gut zu funktionieren.

„Ich habe Lavendelblüten und Arnikaöle in deine Hautcreme gemischt. Das ist zur Linderung, aber die Heilung muss von innen herauskommen. Wir müssen daran arbeiten. Folgst du meinen Anweisungen, wenn du Hunger hast?"

Aurora war der Ohnmacht nahe, weil sie seit Monaten nur Tee, Wasser und etwas Rohkost zu sich nehmen konnte. Sie fühlte sich manchmal mit der Diät überfordert, aber Fenja war gelungen, was andere nicht geschafft hatten. Sie war schlanker geworden und fühlte sich voller Energie, wenn auch sehr hungrig.

„Ja. Jedes Mal, wenn ich Hunger habe, trinke ich Tee und lenke meine Gedanken auf etwas anderes. Die Meditation fällt mir nicht mehr so schwer."

Fenja schaute Auroras Körper an und sah, dass ihre Haut sehr mitgenommen aussah, und lieber hätte sie eine plastische Operation empfohlen, weil selbst alle Gebete dieser Welt die Hautlappen nicht zum Schrumpfen bringen würden.

„Du muss etwas mehr Sport treiben. Dadurch strafft sich deine Haut besser und dein Stoffwechsel wird angekurbelt."

Fenja rief Daniella, die sich noch in den letzten Arbeitstagen vor jeglicher Leistung zu drücken versuchte, und verdonnerte sie dazu, bei Aurora eine Hautmassage durchzuführen.

Als Fenja das Empfangszimmer erreichte, saß Dolores bereits dort und wartete auf ihre Behandlung. Fenja erkannte, dass die Erfolge der Praxis auch eine Menge an Stress verursachten, aber das war der Preis des Erfolges und sie wollte erfolgreich sein, so war sie auch bereit, den Preis zu bezahlen.

„Hallo Dolores. Ich habe bei deiner Nichte eine Hautstraffungsmassage angeordnet. Sie sieht toll aus, nicht wahr?"

„Ich habe viele Kundinnen, die kaum glauben, dass sie so gut abgenommen haben. Ich bringe demnächst einige neue her."

„Ich lasse den Bonus dann von Sybille auf Aurora schreiben, wenn es dir recht ist."

Da Dolores die Kosten für ihre Nichte übernahm, war es ihr mehr als recht, dass der Bonus dort zugeordnet wurde.

„Wie fühlst du dich denn?"

„Ich fühle mich sehr gut. Ich spüre, dass bei mir die Heilung eingesetzt hat."

Sie gingen den Flur entlang. Einige Werke von alternativen Künstlern hingen an der Wand und warteten neben den Marlons auf einen Käufer. Diskrete Preisschilder nannten die ausgefallenen Namen der Werke und der Künstler. Meistens jedoch lautete der Name Marlon.

Sie traten in das Behandlungszimmer ein und Dolores saß am Untersuchungstisch und wartete auf ihre Behandlung.

„Ja, Dolores, stimmt, die Heilung ist in dir. Ich kann kaum etwas für dich tun. Jetzt reduzieren wir deinen Reinigungsplan auf einen Termin in drei Monaten, anstatt alle fünfzehn Tage wie bisher. Nur, anstatt hier zur Behandlung zu kommen, musst du zu Hause dein Reinigungsritual durchführen und den Zentrierungstee darfst du nicht dabei vergessen."

Dolores war sehr froh, diese Bestätigung zu bekommen. Nach so vielen Jahren, in denen sie an Schmerzen litt, war sie endlich wieder gesund. Zwar fühlte sie sich bei jedem Wetterwechsel unwohl und die Schmerzen kamen hin und wieder zurück, aber sie war besser gerüstet, sich damit auseinanderzusetzen. Sie war auch stolz darauf, keinen Arzt zu benötigen.

Fenja begleitete Dolores zum Empfangsraum zurück und dort trafen sie auf eine Aurora, die wie eine alte Lokomotive geölt war und nach Lavendel roch.

„Grüß dich, Tante. Hallo Fenja."

„Sieht Aurora nicht wie ein Traum von einer Frau aus?" Fenja präsentiert ihre Arbeit wie eine Trophäe und war sich sicher, dass ihr Heilungsplan als ein neues Wunder auf dem Markt gefeiert würde. Es musste nur in der Zeitung oder im Fernsehen bekannt gemacht werden.

„Fenja hat bestätigt, dass ich absolut gesund bin, und ich kann meine Rituale zu Hause durchführen."

„Aber immer wieder zur Kontrolle kommen", fügte Fenja lächelnd hinzu und verabschiedete sich von beiden.

Die Tür schloss sich sanft hinter Aurora und Dolores und Fenja kam zu Sybille, die weiter an dem Webdesign bastelte.

„Sind für heute weitere Termine da?"

„Ja. Die eine ist verspätet und die andere ist zu früh gekommen. Ich habe sie zu einem Spaziergang geschickt, aber sie kommt bestimmt in zehn Minuten wieder."

Fenja schaut auf die Uhr und überlegte kurz.

„Wenn sie kommt, schicke sie herein. Die Verspätete soll einen Terminstorno bezahlen und einen neuen buchen. Dolores habe ich reduziert auf nur einmal alle drei Monate. Sie ist sehr gesund, denke ich."

Sybille notierte alles penibel auf ihrem Zettel und schrieb die Kosten für die Behandlung von Aurora dazu. Dann schaute sie zu Fenja.

„Nun, jetzt, da sie kein Geld mehr für ihre Behandlung bezahlen muss, denke ich, ist deine Entscheidung richtig."

Beide lachten und Fenja zeigte tadelnd mit dem Finger auf Sybille.

Kunstvoll ausgedruckt

Im Laufe der Monate, die Fenja in der Praxis als festes Mitglied des Teams arbeitete, wuchs die Zahl der Klienten und Sybille freute sich über die guten Einnahmen.

An früher, als es manchmal bei einem Klienten am Tag geblieben war, konnte sich keiner mehr erinnern. Mizuki arbeitete Vollzeit und Sybille war den ganzen Tag am Telefon oder bei der Pflege der Website und auf der Suche nach neuen Produkten. Jetzt waren die ersten Klienten bereits um neun Uhr in der Praxis und nicht selten ging es ohne Pause bis neunzehn Uhr.

Wie nicht anders zu erwarten, wenn die Geschäfte blühen, erschienen auch hier bald eine Menge Berater und Dienstleister.

An einem Mittwoch war der Künstler Marlon als Besucher angemeldet. Er wollte die neue Heilerin kennen lernen und es war klar, dass er bestimmt eine seiner neuen Arbeiten vorstellen wollte.

„Fenja, brauchst du noch lange? Ich will in der Stadt einkaufen gehen und Marlon ist schon im Wartezimmer."

„Wer ist das?"

„Der Künstler. Hast du vergessen?"

„Sorry, aber ich komme gerade nicht mit. Ich habe keinen Klienten mit diesem Namen und in meinen Terminen hast du das nicht eingetragen. Was meinst du?"

„Die Gemälde, die wir hier an allen Wänden ausgestellt haben, und die zwei Skulpturen im Wartezimmer sind von Marlon, dem Künstler. Er ist auch Teds Partner."

Die Klientin, die nackt auf der Massagebank lag, war von der Störung nicht angetan und räusperte sich laut und vernehmlich.

„Oh, Entschuldigung. Ich war so in Eile, entschuldige nochmals die Störung."

Sybille ging so schnell, wie sie hereingekommen war, und Fenja überlegte, was sie mit Marlon zu schaffen hatte, aber gewiss, wenn sie früher gewusst hätte, dass die Werke nur in Konsignation da waren, hätte sie sich bereits überlegt, wie sie diese weiterempfehlen könnte.

Fenja machte eine Lichttherapie auf der Haut der Klientin und ließ ihre Hände über dem Körper der Dame schweben, ohne diese zu berühren. In der Lichttherapie geht es darum, mit verschiedenen Lichtfarben die eigenen Heilungskräfte zu intensivieren.

Die zufriedene Klientin zog sich an, während Fenja sich verabschiedete und dann die Tür des Behandlungsraums schloss.

Sie ging in den Empfangsraum, um den berühmten Marlon zu treffen. Sie sah einem Mann von mindestens einem Meter achtzig Größe, sehr gut gekleidet, auf einem der Sessel sitzen. Sie begutachtete seine Kleider und war von dem maßgeschneiderten Anzug begeistert. Offensichtlich verdiente er nicht schlecht mit seiner Arbeit, urteilte sie. Sie schaute sein durch den perfekten Schnitt der Hose betontes Gesäß an und war sich sicher, dass Ted einen sehr guten Geschmack hatte, was Männer angeht.

„Sie müssen Marlon sein. Ist Marlon ein Vor- oder Nachname?" Fenja war sich nicht sicher, da der Name ihr zwar bekannt vorkam, aber sie realisierte nicht, woher.

„Marlon, wie Marlon Brando, aber noch nicht so berühmt." Er trat näher und machte eine leichte Verbeugung.

„Ach. Mein Gott nochmal. Stimmt. Brando. Ich gehöre zu einer zu jungen und nicht so gebildeten Generation." Sie lachte über den eigenen Witz. Beide waren eigentlich gleich alt und so klang der Witz umso lustiger für sie.

„Sybille. Machst du bitte zu? Frau Linnes muss fertig sein. Ich muss auch danach weg."

Mizuki war bereits weg und Frau Linnes kam gerade in diesem Moment in den Empfangsraum hinein.

„Auf Wiedersehen. Ich bin schon weg. Danke, Fenja. Deine Behandlung war super."

Marlon blickte um sich herum und freute sich über die aktuelle Entwicklung der Praxis.

„Es wird langsam schwierig, hier einen Termin zu bekommen", stellte er fest.

„Ach was. Wir schaffen immer, jemand dazwischen zu quetschen. Was bringt dich zu mir?" Fenjas Art war wie immer einladend und umso mehr genoss Marlon ihre Bekanntschaft.

„Nachdem hier zwei meiner Bilder verkauft wurden und demnächst die zwei Skulpturen hier …", Marlon zeigte mit dem Finger auf die fackelähnlichen Skulpturen an der Wand, „… einen neuen Besitzer finden, wollte ich wissen, was der Auslöser dieser positiven Entwicklung ist. Wie ich von Ted erfahren habe, bist du unvergleichbar und sehr beliebt."

„Ach wo. Das ist bestimmt Weibergeschwätz." Fenja schaute zu Sybille, die gerade hereinkam.

„Ach so. Wenn getratscht wird, dann bin ich die Erste, die dir einfällt." Sybille sah sich ertappt.

„Ich hatte manche Bilder hier schon fast vergessen und dann auf einmal bekomme ich neue Anfragen und da hat mir Ted von dir berichtet und ich sagte mir: ‚Du musst diese Frau kennen lernen'."

Sybille wollte weg und Fenja hatte das auch vorgehabt, aber die Arbeit ging vor und beide wollten diese Aufgabe auch an diesem Tag wahrnehmen.

Marlon machte eine Tragetasche auf und überreichte beiden Damen zwei Päckchen, die kunstvoll in goldenes Papier verpackt waren.

„Oh. Was ist das denn?", fragte Sybille voller Begeisterung.

„Erstens ein Zeichen meiner Dankbarkeit und zweitens, liebe Fenja, ich weiß, dass du heute etwas vorhast, aber eventuell kannst du mir ein wenig Zeit schenken."

Es wäre unhöflich, nach dem Empfang des Geschenks wegzugehen, und so gab sie nach. Sehr geschickt von Marlon, sie indirekt in Schach zu halten.

„Was darf ich für dich tun? Sybille, wenn du willst, ich kann die Tür alleine zumachen."

„Ich muss noch einige Papiere aufräumen und es macht mir nichts aus, noch abzuwarten." Sybille vertraute keiner und hätte nicht einmal im Traum die Schlüssel aus der Hand gegeben.

„Setzen wir uns in den Beratungsraum, dort haben wir mehr Ruhe." Fenja verstand es sehr gut, ihre Gesprächspartner zu behandeln, und sie war sich sicher, dass Marlon sich mit ihr privat unterhalten wollte. Klar, wer Sybille kannte, wusste, dass sie kein Geheimnis für sich behalten konnte.

Sie kamen in das Beratungszimmer und Marlon sah, dass eine der Wände, wo früher einmal eins seiner Bilder gehangen hatte, jetzt leer war.

„Mein Partner ist Unternehmensberater mit besonderen Kenntnissen im Marketing. Ich denke, du kennst Ted sehr gut, oder?" Während er sprach, legte er eine besonders schöne Präsentationsmappe vor Fenja auf den Tisch.

„Aber ich bin zu klein für sowas, oder?"

„Nun. Nachdem du es geschafft hast, aus diesem müden Laden das neue Eventlokal zu machen, spricht man nur über dich. Und wenn du mich fragst, ob du zu klein bist, sage ich dir, dass das deplatzierte falsche Bescheidenheit ist. Wir sind Künstler. Wir werden niemals klein sein."

Fenja lachte und verstand, dass Marlon viel mehr Verstand besaß, als was man ihm ansah und dass er weit mehr von Geschäften verstand, als man einem Künstler zutrauen würde.

„Wieso hast du nicht Celina angesprochen? Sie ist hier auch immer noch tätig."

„Celina ist gut in dem, was sie macht, aber sie ist keine Künstlerin und darum bleibt das Publikum nicht bei ihr. Du, meine Liebe, bist ein ganz anderes Kaliber und ich erkenne das sehr gut."

„Du lässt mich erröten. Ich bin kaum ein Jahr hier in der Praxis. Ich denke, die Klienten wollten nur einen guten Service. Ich biete das, was sie von mir wollen."

„Also, höre dir erst mal an, was ich dir vorschlage."

Marlon zog seinen Stuhl näher an den Arbeitstisch und schaltete sein Tablet an.

„Die meisten Heilerinnen und Heiler, die ich kenne, haben keine Ahnung von Marketing oder Werbung. Wenn man von einem Geschäftsplan spricht, dann flippen sie völlig aus, weil die Welt der Zahlen für die meisten weiter in der Ferne liegt als die Geisterwelt. Ich bringe dir das näher."

Fenja musste zugeben, dass Geschäftszahlen nicht das Beste waren, was sie beherrschte, aber sicher, sie interessierte sich dafür, etwas mehr zu verdienen.

„Ich kann dir einen Geschäftsplan und einen Marketingplan gestalten, die deine Einnahmen mindestens verdreifachen werden. Ich leite mit meinem Partner eine PR-Agentur und wir hätten niemals gewagt, eine Heilerin als Kundin aufzunehmen, aber nur, bis wir von dir gehört haben."

Schmeicheleien waren für Fenja keine angenehme Ansprache, da sie sich lieber von Menschen, die sie zu sehr anhimmelten, fernhielt, aber sie war sich sicher, dass die Worte Marlons weniger mit Schmeicheleien zu tun hatten als mit einem wirklichen Geschäft.

„Was ist für dich dabei?"

„Ich?" Er legte dramatisch seine rechte Hand auf seine Brust, als wäre er bei einem Diebstahl ertappt worden.

„Für mich ist nur eins wichtig, Geld und Ruhm. Ich bin ein Künstler, meine Liebe, ein Visionär."

„Ich kann mir keine großen Investitionen erlauben, das muss ich dir von vorne herein sagen", gab Fenja zu.

„Nicht nötig. Du hast Publikum und du hast eine besondere Begabung, mit Menschen umzugehen. Mein Partner Ted war hier beim letzten Info-Abend, eigentlich der Organisator, und danach waren wir uns einig, dass du mehr Möglichkeiten hast, und wenn wir diese Gelegenheit nicht nutzen, kommen unsere Konkurrenten auf die gleiche Idee."

„Das ist aber interessant. Ich dachte, die kommen nur, weil ich öfter als Celina anwesend bin."

„Könnte sein, aber Ted hat sich im Publikum umgeschaut und wir erkannten deine Werte. Wenn du zustimmst, wollen wir mit dir offene Veranstaltungen organisieren. Das ist dein voraussichtlicher Gewinn, wenn du zustimmst."

Fenja schaute sich die Zahlen an und leider verstand sie nicht viel, aber die steigende Kurve mit vier Veranstaltungen war deutlich zu interpretieren und die Zahlen darunter waren sehr groß. Pro Veranstaltung sollte sie mehr verdienen als das, was sie in drei Monaten in der Praxis verdiente.

„Meinst du das im Ernst? So viel Geld kann ich mir nicht vorstellen."

„Das ist mein Teil der Arbeit. Ich nenne dir nur Zahlen, die ich kenne und an die ich glaube. Sogar wenn ich ein unverbesserlicher Träumer bin, Ted ist es nicht. Ted ist ein Realist und holt mich immer wieder in die Realität zurück. Wir sind absolut überzeugt, dass du das Zeug dafür hast, ein großes Publikum zu unterhalten."

Fenja schaute nochmals etwas ungläubig auf die Zahlen und Graphiken auf dem Tablet, legte es zurück auf den Tisch und dachte kurz nach.

„Wenn diese Zahlen stimmen und deine Beratung sich wirklich umsetzen lässt, wäre es wunderbar, aber ich gehe kein Risiko ein, oder?"

„Nein. Das Risiko ist auf unserer Seite. Wenn du nicht zu der Veranstaltung kommst, werden wir versichert sein."

„Ich muss mir das durch den Kopf gehen lassen und dann mit dir nochmal darüber sprechen. Das kommt mir alles zu überraschend und ich bin kein spontaner Mensch", entschuldigte sich Fenja.

„Keine Sorge. Hier ist alles ausgedruckt. Geh nach Hause, nimm ein Bad und lies diese Vorschläge durch. Wenn es dir gefällt, ruf mich zurück und ich komme mit Ted, um die Details mit dir zu besprechen." In diesem Moment vernahm Fenja einen Geruch, der ihr bekannt vorkam. Sie erinnerte sich an ihren Vater.

„Ich bin sicher, dass nicht nur ich deine Expertise benötige. Wie wäre es, wenn wir uns privat auch über deine Probleme unterhalten?"

Marlon war etwas überrascht wegen des Themawechsels.

„Es muss dir nicht peinlich sein. Ich bin gut in meiner Arbeit und ich will dich davon überzeugen. Wie wäre es am Freitag?"

Fenja nahm die Unterlagen an sich und stand auf, um Marlon nach draußen zu begleiten. Marlon, der normalerweise so viel reden konnte, folgte Fenja schweigend.

„Wir sollten gehen, weil ich Sybille hier nicht zu sehr festhalten will. Aber ausgemacht, ich lese mir deine Vorschläge durch."

Sie gingen wieder zum Empfangsraum zurück. Fenja war etwas schwindlig von dem Schwall an Informationen und sie empfand etwas Angst.

„Sybille, wir sind fertig. Gehen wir? Marlon kommt Freitag, um mich zu besuchen. Trage es bitte ein."

Sybille sprang wie automatisch auf, bereits mit der Tasche um die Schulter. Offensichtlich hatte sie nur auf das passende Stichwort gewartet.

„Super, das habe ich im Hinterkopf und mache es unterwegs vom Handy aus. Hier ist dein Mantel und hier deiner." Sybille übergab die Mäntel und die Taschen und sie gingen zur Tür.

Nachdem sie sich verabschiedet hatten, ging Marlon zu seinem Auto und beide Frauen gingen in Richtung Trambahn.

„Worüber habt ihr geredet?", erkundigte sich die neugierige Sybille.

Fenja überlegte zuerst, was sie gesehen hatte, und dann, wie vertrauenswürdig Sybille wohl war. Dazu musste sie auch überlegen, dass Sybille die einzige Person nach Mizuki war, die sie kannte und die sich mit Geschäften auskannte.

„Er machte mir einen Vorschlag für eine Veranstaltung. Ich muss es mir überlegen. Das ist mir zu neu."

Sybille war etwas beleidigt, weil sie nicht zu dem Gespräch eingeladen gewesen war, aber sie unterdrückte diese Gefühle.

„Wenn er etwas anbietet, soll er dir vor allem einen Vertrag vorlegen. Lass dich von dieser Tucke nicht über den Tisch ziehen. Er ist gwiefter als eine Ratte und schlauer als der Fuchs. Er ist bekannt für seine Geschäfte, aber er verdient niemals wenig, sollst du wissen."

Das Urteil einer Tratschtante ist manchmal sehr wertvoll, vor allem in solchen Fällen. Das hatte Fenja bereits in jüngeren Jahren gelernt.

„Ich habe mir auf jeden Fall vorgenommen, heute ein langes Bad zu nehmen und mir beim Überlegen, wie ich damit umgehe, Zeit zu lassen. Mach dir keine Sorgen, da ich ihn überzeugt habe, einen Teil seines Honorars mit einer Behandlung zu verrechnen."

„Marlon zu behandeln wird wirklich eine umfangreiche Arbeit sein. Er ist nicht leicht zu therapieren."

„Aber ich bin schlauer. Er darf das nur nicht merken. Wir Frauen …" Fenja lachte.

Die Trambahn kam und beide Damen stiegen ein. Sie unterhielten sich ausnahmsweise kaum, weil Fenja momentan von dieser Wendung der Dinge noch zu überrascht war.

„Ich muss aussteigen. Bis morgen", verabschiedete sich Sybille.

„Bis morgen."

Der Aufregung in Fenjas Bauch machte sie ein wenig zittrig und sie wünschte, es würde sich alles so entwickeln. Sogar wenn, wie Sybille gesagt hatte, eine Tucke sie über den Tisch ziehen würde.

Ted in anderem Licht

Montags nahm Ted meistens frei, um auf andere Gedanken zu kommen. Obwohl die Auftragslage in dieser Zeit nicht die beste war, war er der Ansicht, dass er trotz seines Berufsstands manchmal etwas Zeit für sich brauchte.

Seit einigen Jahren lebte er mit Marlon und sie waren trotz ihrer Unterschiedlichkeit sehr glücklich. Sie hatten sich zum ersten Mal in New York getroffen. Es war eine Ausstellung in Soho, als Ted sich noch nicht vorstellen konnte, je nach Deutschland umziehen zu wollen.

Doch mit der Zeit und der glücklichen Entwicklung der Beziehung kam es zu dem Umzug. Mit der Zeit entwickelte sich Marlon von einem Träumer zu einem ehrgeizigen Geschäftsmann mit manischen Phasen. Ted mochte diese Eigenschaften von Marlon nicht besonders, vor allem weil beide zum Teil über Provisionen und Anteile an Geschäften manchmal sehr unterschiedliche Ansichten, abhängig von Marlons Stimmung, hatten. Ted war der fleißigste Arbeiter, aber Marlon meinte, die besten Verhandlungen zu führen.

Genau hier fanden derzeit einige langwierige Diskussionen statt. Ted versuchte die Wogen zu glätten, indem er Marlon zum Essen bei Lucianos, einer Pizzeria von gehobener Kategorie, einlud.

Er schaute wieder auf seine Uhr und stellte fest, dass Marlon über fünfzehn Minuten zu spät war. Da holte er sein Handy aus der Tasche und stellte fest, dass auch keine SMS von Marlon gekommen war, wie sonst üblich.

Er schrieb selbst eine SMS an Marlon.

„Wo bist du? Ich bin bereits bei Luciano und ich habe Hunger."

Der Kellner kam mit einem noch breiteren Lächeln als zuvor wieder, was unausgesprochen bedeutet, dass man endlich etwas bestellen sollte. Zugegeben, in New York es war Ted nicht anders gewohnt, aber man bekam dort mindestens kostenfreies Wasser vor dem Essen. Er entschied sich für Wein.

„Eine Flasche Pinot Noir. Danke." Süße Getränke mochte er nicht, aber Wasser und Wein kosteten fast dasselbe.

Der Kellner war sichtlich unbeeindruckt. Es war schon recht außergewöhnlich, dass der Besitzer in seinem italienischen Restaurant Pinot Noir anbot, aber ihn zu bestellen, war für einen Italiener, wie der Kellner war, absolut nicht akzeptabel. Mit einem trockenen Kopfnicken verriet er Kellner seine Ansicht.

Er schaltete sein Tablet an und las die geplanten Zahlen der kommenden Veranstaltungen mit Fenja und Celina. Ein leichtes Unbehagen machte sich in seinem Kopf breit und er war sich nicht sicher, was ihm an dieser Idee nicht passte oder gefiel. Die Esoterik an sich war kein Gebiet, das ihn besonders interessierte, und diese Umschreibung der Esoterik mit dem Namen alternative Heilmethoden war auch suspekt genug. Nur Marlon konnte ihn überzeugen, ein solches Geschäft einzugehen, und er versuchte, seine Skepsis zu überwinden.

Ted saß vor der bereits halb ausgetrunkenen Flasche, als er eine SMS von Marlon bekam. Der teilte mit, dass er sich noch in der Trambahn befand.

Er blätterte weiter und plötzlich fiel ihm ein, dass Marlon ihm gesagt hatte, dass er in der Stadt einkaufen wollte, aber nun kam er mit der Trambahn, obwohl Luciano ganz woanders lag. Er überlegte kurz.

Marlon kam mit gehöriger Verspätung und die wohl doch etwas zu kleine Flasche war bereits vollends geleert.

„Noch eine Flasche Pinot Noir?", fragte die Bedienung in leicht herablassendem Ton.

„Oh nein. Wir wollen eine Flasche von ihrem Montepulciano. Pinot Noir? Hier? In diesem Etablissement? Hah." Marlon lachte schroff und Ted bemerkte eine leichte Nervosität in seiner Stimme.

Die Bedienung entfernte sich und schrie etwas Unverständliches in Richtung Bar, was offensichtlich Italienisch sein sollte.

„Was ist passiert?", fragte Ted.

„Was meinst du?"

„Also, ich kenne dich. Du hast etwas ausgefressen, das ist mir klar."

„Du spinnst. Es ist gar nichts. Ich war in der Stadt zu gedankenlos und plötzlich merkte ich, dass es für unseren Treff bereits zu spät war. Nichts Wichtiges." Marlon drehte seinen Kopf unstet und seine Augen glänzten ungewöhnlich.

Die neue Weinflasche kam mit der gelangweilten Bedienung. Offensichtlich fand sie Marlon netter. Das war nicht ungewöhnlich und Ted wusste dies auch.

„Vielen Dank, Signore." Marlon war sehr charmant, eine Spur zu charmant für einen normalen Abend.

„Du hast getrunken", warf ihm Ted vor.

„Oh. Ich bitte dich, Miss Marple. Bist du jetzt ein Detektiv geworden? Ja, ich habe in der Stadt etwas Sekt getrunken." Das letzte Wort kam mit einer Mischung von Speichel und Sprachfehler über seine Lippen.

„Wo warst du wirklich?"

„Oh bitte. Was soll die Fragerei?"

Ted resignierte, da es an solchen Tagen nutzlos war, mit Marlon zu reden. Er würde lügen und in der Diskussion für vernünftige Argumente nicht mehr zugänglich sein.

„Sollen wir bestellen?"

„Wenn ich jetzt von dem Befragungsstuhl runterkommen darf, dann bitte. Ich nehme die Cannelloni al *Porno*." Ja, es war unübersehbar, dass Marlon beschwipst war. Ted wollte nur einen Mann haben, der ihn liebt und respektiert. Jedoch schien Marlon in den letzten Jahren immer mehr zur Flasche zu greifen. Mal ein Prosecco hier, mal ein Bierchen dort. Es war für jemanden, der wie Ted nur gelegentlich trank, nicht einfach. Er schaute die ausgetrunkene Flasche Pinot Noir an und verstand auch, dass es diese Flasche nur in schwulen Restaurants geben konnte, weil man dort kaum mehr als einen halben Liter Wein zu trinken pflegt.

„Mit wem warst du bei Trudi?" Trudi war eine billige Schenke, die Marlon nachmittags hin und wieder aufsuchte.

„Peter." Marlon merkte, dass er erwischt worden war, nachdem er gesprochen hatte. Er lief rot an, fand aber seine Fassung schnell wieder.

„Wir haben uns einfach zufällig dort getroffen. Ich war nicht mit ihm dort, sondern ich war allein und er war auch allein dort und ..." Marlon stand auf und ging zur Toilette. Seine Schritte waren gerade, aber suchten zu fest den Boden, um noch elegant zu wirken.

Ted bestellte das Essen und kämpfte mit den gemischten Gefühlen von Trauer und Enttäuschung. Er war sich eigentlich Marlons Treue sicher, wusste aber auch, dass sie eine recht offene Beziehung führten. Trotzdem erwartete er eine gewisse Treue, die in diesem Fall offensichtlich nicht vorhanden war. Peter war eine frühere Flamme Marlons, mit der er nur wegen des Sexes ausgegangen war, was Ted einigermaßen kränkte.

Ted schaute nochmal in seine Geschäftspläne und entschied sich, sie an diesem Tag nicht mehr mit Marlon zu besprechen. Es wäre sinnlos. Der Alkohol wurde bei beiden zum Thema und Marlon weigerte sich anzuerkennen, dass er ein Alkoholproblem hatte.

Eventuell sollte er das Angebot einer systemischen Analyse durch Celina wahrnehmen, jedoch glaubte er nicht an die Effektivität solcher Methoden. Sie hatte einmal gemeint, dass sie sich mit Paarberatung auskannte. Er überlegte, was er machen sollte.

Für ihn war an diesem Tag noch klarer geworden, dass Marlon sicherlich der bessere Redner von ihnen beiden war, aber dass er Privates und Geschäftliches besser trennen sollte, weil er sonst instabil wurde.

Das Essen war bereits auf der Warte am Küchenfenster und Ted beschloss, sich auf die Suche nach Marlon zu machen.

Er ging an der Bedienung vorbei.

„Wir kommen gleich. Sie dürfen servieren, aber keinen Wein mehr. Wir trinken Wasser."

Der Entschluss in seiner Stimme machte der Bedienung klar, dass er keine Widerrede oder sonstige Meinung zulassen würde.

Als er die Tür öffnete, hörte er, wie Marlon am Waschbecken sein Gesicht wusch. Er hatte offensichtlich geweint.

„Kann ich dir helfen?"

„Ich glaube, nur du kannst mir noch helfen. Meine Behandlung durch Fenja scheint nicht zu wirken."

„Fenja? Seit wann hast du dich für sowas entschieden? Ohne mit mir zu reden?"

Marlons Augen glänzten und Ted entschied sich, seinen Partner fester zu umarmen und das Thema auf einen anderen Tag zu verschieben. Jedoch durfte es diesen Interessenkonflikt nicht geben, da war er sich sicher.

„Wie und was für eine Behandlung war das?"

„Ich sage es dir morgen. Gehen wir essen und reden wir über etwas Fröhlicheres." Marlon war sehr sprunghaft und schaltete jetzt auf gutmütig. Ted kannte das bereits und wollte diese Laune im Moment nur noch genießen.

Er wusste, dass etwas in seinem Leben schieflief und er selbst eine Lösung finden musste, egal wie diese Lösung aussähe.

Das Duo

Anneliese führte ihre Selbstbehandlung fleißig weiter und seit sie Fenja zum ersten Mal besucht hatte, fühlte sie sich wieder jünger. Sie glaubte nicht an die Macht der Selbstkontrolle oder der Hypnose, aber sie musste zugeben, dass Fenja eine Meisterin ihres Faches war.

Seit dem Vorfall im Supermarkt war sie etwas ängstlicher als sonst. Sie ging nicht mehr allein zum Einkaufen und vermied es auch, den Tag ohne einen Sicherheitsanruf bei Hilde zu verleben. Im Gespräch ging es nur um Lappalien und Einkaufslisten und was man am nächsten Tag kochen sollte. Jedoch war es zumindest interessanter, als nur das Haus aufzuräumen oder schweigend fernzusehen.

In ihrem Bücherregal waren mittlerweile verschiedene Bücher aneinandergereiht, die sie bei Misuki gekauft hatte. Sie war froh, dieses Universum entdeckt zu haben. Es gab so viel über das Leben und die Selbstheilung, was die Welt nicht wusste und ihr das Gefühl gab, sie müsse hinausgehen und allen davon Mitteilung machen. Sie sprach mit anderen Nachbarinnen darüber, aber nur wenige zeigten sich für dieses Thema empfänglich.

Fenja führte mit ihr Hypnosesitzungen durch und half ihr dabei, den Glauben daran zu festigen, dass sie sich selbst heilen könne.

Sie ging nicht mehr zum Arzt und sie trank ihren Tee. Doch seit Wochen spürte sie einen Schmerz in den Nieren und Fenja brachte sie dazu, diese Schmerzen als Balsam der Seele zu empfinden. Sie sollte, wie Fenja erklärte, diese Schmerzen als Zeichen spüren, aber als angenehm empfinden, nicht als Qual.

Diese Besserung ihres Empfindens machte ihr etwas Sorge, weil sie mittlerweile die Schmerzen manchmal mochte und sie sogar gerne empfand.

„Wusstet du, dass Fenja die Behandlung von Schmerzen direkt von einer hinduistischen Schamanin gelernt hat?"

Hilde musste zugeben, dass sie aus Indien nur das Essen kannte, das sie kaum vertrug. Daher stimmte sie mit einigen kaum verständlichen Lauten zu, vermied jedoch, ihre Unwissenheit preiszugeben.

„Sie meinte nur, dass ich mich konzentrieren sollte und unbedingt mehr Wasser trinken müsse. Ich denke, ich trinke fast vier Liter am Tag."

Hilde verglich kurz im Kopf mit ihrem gerade mal einen Liter Wasser, den sie am Tag trank, und überlegte, was dies bedeutete.

„Oh Gott. Ich würde nicht mehr vom Topf aufstehen können. Das ist auch zu viel, oder?"

„Ach was. Es ist lustig und macht Spaß."

Lustig?, überlegte Hilde. Sollte Spaß machen?, sinnierte sie weiter. Hilde schaute in diesem Moment nach oben zu ihrer Wohnung und stellte fest, dass sie wieder einen Putztag einlegen sollte.

„Willst du mir nicht helfen? Ich muss meine Wohnung wieder putzen, und allein dauert es immer so lange."

„Wann denn?"

„Komm rüber. Ich setze einen Kaffee auf und wir gehen mit dem Besen durch die Wohnung. Wir können danach etwas im Kabelfernsehen gucken."

Anneliese liebte es, bei Hilde die Filme ohne Werbung anzuschauen, und vor allem, dass Hilde die Filme anhalten und dann weiterlaufen lassen konnte, was Anneliese meistens nicht schaffte, und nicht selten hatte sie schon den ganzen Rest des Filmes verloren oder zum falschen Kanal umgeschaltet.

„Und du meinst wirklich, dass du bei Schmerzen nicht zum Arzt gehen solltest?", fragte Hilde etwas besorgt.

„Nein. Ärzte wollen nur Geld machen und Pillen verschreiben. Das Mädchen ist jung, aber sehr gut in ihrem Job. Ich vertraue ihr."

„Komm. Ich gehe zur Küche. Bringst du etwas von deinem Bäcker mit?"

„Klar. Die Zwetschgennudeln sind momentan im Angebot. Bis gleich."

Hilde machte sich Gedanken, weil Schmerzen in ihrem Alter nicht bagatellisiert werden sollten. Sie nahm eine Apotheker-Zeitung, die sie für Anneliese geholt hatte und schlug eine bestimmte Seite auf. Ein wenig fühlte sie sich schuldig, weil sie Anneliese zur Praxis mitgenommen hatte, jedoch Celina war mit Schmerzen oder anderen derartigen Anzeichen sehr vorsichtig gewesen. Andererseits war die junge Fenja viel besser ausgebildet und wusste viel über diese hinduistischen Dinge, was Hilde nicht verstand.

Von Anneliese bis zu Hilde war es zu Fuß kaum eine Viertelstunde und so entschied sie sich, gleich den Kaffee aufzusetzen, weil Anneliese meistens sehr schnell war.

Sie fing das Putzen mit dem Staubwedel an und kündigte allen Spinnen fristlos. Alle wurden gefangen und über den Balkon ins Freie gelassen. Ihre Katze war von dem Wirbel wenig angetan und nachdem sie sich gestreckt und mit lautem Pusten ihre Proteste angekündigt hatte, trottete sie zum Schlafzimmer, wo sie sich wieder hinlegte.

Der Kaffee war bereits fertig und Hilde schaute auf die Uhr. Offensichtlich hatte Anneliese beim Bäcker wieder den Tag vergessen und über ihre wundersame Heilung berichtet. Das hatte sie schon mehrfach getan, aber nun war es schon über halbe Stunde. Hilde machte sie sich etwas mehr Sorgen als sonst.

Sie rief bei Anneliese an, die aber offensichtlich nicht mehr zu Hause war.

Hilde stellte das bessere Besucherporzellan auf den Tisch und holte ihr gutes Besteck heraus. Nachdem sie die Servietten gefaltet hatte, war sie wirklich in Sorge und so entschloss sie sich, sich auf die Suche nach Anneliese zu machen.

Sie zog ihren Mantel an und setzte eine Wollmütze auf, die an Haken neben der Tür hingen, und stieg die Treppe hinunter.

Sie ging zu Fuß in Richtung der Wohnung von Anneliese und wusste, dass sie immer den gleichen Weg nahm, daher konnten sie sich nicht verpassen. In dieser Gegend gab es auch kaum andere Straßen, in denen man sich verlaufen könnte.

Als sie drei Blocks von ihrer Wohnung entfernt war, sah sie an der Bushaltestelle, dass sich eine Menge Personen aufgeregt unterhielten. Instinktiv ging sie dahin, um zu sehen, was da geschah.

Anneliese lag auf dem Boden und eine zusammengefaltete grüne Jacke lag unter ihrem Kopf.

„Anneliese! Was ist denn los?", fragte sie in die Runde.

„Sie ist ziemlich verwirrt herumgelaufen und als ich sie sah, war es zu spät. Sie lief so schnell vom Bürgersteig auf die Straße. Ich habe so schnell, wie ich konnte, gebremst, aber es scheint, dass sie verletzt worden ist."

Eine Frau, die Hilde erkannte, kam an ihre Seite.

„Wir haben die Polizei angerufen und einen Krankenwagen. Sie atmet noch, aber sie ist bewusstlos. Ich habe zwar nicht alles gesehen, aber der Herr hier hat es bestätigt, dass sie ohne zu schauen auf die Straße gegangen ist."

Der Herr ohne Namen kam näher.

„Ja. Sie war offensichtlich betrunken. Sie ging torkelnd umher. Wir haben von weitem gesehen, dass es ihr nicht gut ging. Es sah aus, als käme sie von einer Feier beim Oktoberfest."

„Halten Sie doch Ihren Mund. Sie reden Schwachsinn! Anneliese ist meine Freundin. Seit mindestens zehn Jahren hat sie nie etwas getrunken."

„Ich meine nur. Nichts Böses, ich wollte nur …"

Die Bekannte von Hilde bedeutete dem Herrn zu schweigen und er sah die Notwendigkeit ein.

Der Krankenwagen rutschte polternd an den Bürgersteig und schneller, als man sich vorstellen kann, kamen ein junger Mann und ein dünnes Mädchen herbei, schoben alle zur Seite und baten um Abstand. Das Mädchen war sehr einfühlsam und erkannte, dass Hilde mit dem Opfer befreundet war.

„Wir wollten einen Kaffee bei mir trinken. Ich telefonierte mit ihr. Kaum eine Stunde ist es her."

„Wir müssen sie sofort ins Krankenhaus fahren. Könnten Sie mitkommen? Das würde uns eine Menge Zeit sparen."

Die Polizei kam ebenfalls und Hilde konnte nur schnell nicken und schickte sich an, in den Krankenwagen einsteigen.

Die jungen Menschen trugen Anneliese auf einer Trage hinein, aber Hilde war noch unentschlossen.

„Soll ich nachkommen? Ich hole etwas Wäsche und ihre Papiere zu Hause ab."

Sie gab Annelieses Daten an und der Krankenwagen fuhr mit eingeschalteter Sirene und Blaulicht los.

Sie erklärte der Polizei, dass sie nichts gesehen hatte und dass sie sofort zum Krankenhaus fahren wollte.

Unterwegs überlegte sie, ob dies das Ende ihrer Zweisamkeit sei: ihre liebe Freundin mit dem schlechten Ruf einer Säuferin in einem Krankenwagen!

Meine Hände

Die letzten Monate hatten Fenja selbst von ihrem Können überzeugt. Die Kunden der Praxis folgten ihr und Misuki brachte ihr sogar einiges über das Verkaufen bei. Sie war vor allem glücklich, dass sie ihre Heilkraft entdeckt hatte. Die Verwaltungsaufgaben, die ihr nicht lagen, überließ sie gerne Sybille.

Viele Menschen, die unter Fenjas Führung diese Methode an sich ausprobierten, bestätigten, dass sie damit endlich das erreichten, was bisher nur eine leere Versprechung von Ärzten gewesen war: Fenja konnte wirklich heilen!

Ihre Wohnung war spärlich eingerichtet, aber von gutem Geschmack. Sie träumte bereits von besseren Zeiten und sogar einem Umzug in Richtung Stadtmitte.

Zum Glück ging es Anneliese wieder besser und die Behandlungen, die Fenja für sie organisiert hatte, wurden von Anneliese gut angenommen. Sogar Hilde war beruhigt.

„Wir müssen besonders achtsam mit Menschen wie Hilde sein", mahnte Sybille, die zum Tee gekommen war.

„Ich sehe das nicht so schwarz. Sie war mit Recht erschrocken, aber sie hat erkannt, dass meine Kräfte bewiesen sind."

Sybille war eine Geschäftsfrau und sie hatte gelernt, ihren Kundinnen nie zu widersprechen. Doch Fenjas Überzeugung von sich selbst war durch die ständige Bestätigung der vielen zufriedenen Klienten wirklich gut begründet.

„Ich fühle mich zwar unsicher mit diesem Auftritt in der Fernsehöffentlichkeit, aber ich bin sicher, dass wenn wir ein gutes Publikum erreichen, dann ade billige Einrichtung." Fenja wedelte mit ihrer Hand und zeigte auf ihre eigene Umgebung.

„Celina bat mich, sie nicht zu vergessen. Sie will die Rolle der Mentorin einnehmen. Ich denke, das wäre auch nur gerecht. Sie ist eine gute Hilfe, wenn auch nicht immer freundlich, muss ich zugeben." Sybille wusste, dass die Vielfalt in der Praxis auch ihr die Sicherheit gäbe, wenn Fenja woanders hingehen würde.

„Ted hat sich beschwert. Er will Marlon nicht von mir behandelt haben, weil er da Interessenskonflikte sieht. Sehr engstirnig, oder?" Fenja war davon etwas gekränkt und sie verstand das so, dass Ted ihren Wert nicht richtig einzuschätzen wusste.

„Ich habe nichts gegen deren Art zu leben, aber ich verstehe solche Männer nicht, und darum halte ich mich auch fern. Sie beschützen sich gegenseitig manchmal viel zu sehr. Ob wir je einen Mann mit solcher Hingabe für unsereins finden?" Beide lachten.

„Du hast recht, was Celina anbelangt. Ich selbst wollte auch vorschlagen, dass sie eine solche Rolle übernimmt. Damit bekomme ich auch mehr Glaubwürdigkeit. Sie ist immerhin seit über zwölf Jahren am Markt." Fenjas Vernunft schien sich auch auszuzahlen, weil die meisten ihrer Klienten auf Celinas Referenz gekommen waren.

„Annelieses Arzt hat mich angerufen und seine Ansichten mitgeteilt", berichtete Fenja mit sichtlicher Missbilligung des Gehörten.

„Und, was hat er gemeint?"

„Er hat unser Vorgehen als riskant bezeichnet. Er sprach sogar von Folie à deux."

„Was war das?" Sybille war sich des Begriffs nicht mehr sicher, da sie täglich so viele ähnlich klingende hörte, dass sie nicht mehr die Bedeutung aller Begriffe wusste.

„Er meinte, anders gesagt, dass wir uns gegenseitig etwas vormachen. Er meint damit mich und die Klienten. Ohne zu berücksichtigen, dass mich so viele in meinen Kompetenzen bestätigen." Fenja sprach mit einem halben Keks im Mund, was sie gleichsam kindlich wie wütend aussehen ließ.

„Ach, ich nehme das nicht persönlich. Mit Celina gab es auch solche Probleme und wir sind damit auch fertig geworden. Ich werte das als normalen Interessenkonflikt. Er will Kunden und du auch."

Sybille nahm einen Schluck Kräutertee und überlegte, dass sie die Versicherung über die Veranstaltung informieren sollte.

„Wir müssen immer auf der Hut sein. Es gibt immer solche Schlauberger. Ich habe auch unsere Dienstvereinbarungen vom Anwalt prüfen lassen, damit wir abgesichert sind. Wir sollten mit Aurora auch eine Vereinbarung treffen, weil sie das größte Wunder deiner Methoden ist. Auf unserer Website melden sich täglich Frauen und hoffen auf das gleiche Wunder. Wir sollten auch eine Reiseveranstaltung mit dir planen."

„Im Zusammenhang mit dieser Show dachte ich sogar an einem Webshop mit unseren Produkten."

„Vergiss es. Ich möchte es nicht mit Misuki verderben. Sie ist unsere Top-Verkäuferin und sie hat selbst einen Shop. Wenn wir sie als Konkurrentin bekommen, wirst du nie mehr froh. Glaub mir."

„Echt? Ich habe Misuki nie so eingeschätzt."

„Wieso nicht? Sie ist auch eine Geschäftsfrau. Sie ist keine Heilerin." Sybille machte ein Kompliment in Richtung Fenja.

„Aber sie ist klug und nicht zu unterschätzen." Diese Warnung überraschte Fenja, die eigentlich in Misuki nie eine Konkurrentin gesehen hatte. Misuki wirkte eher schüchtern.

„Ich hatte mir nichts dabei gedacht. Ich sprach nur ober-flächlich mit Ted über eine eigene Linie und eigentlich hat er das vorgeschlagen." Das entsprach nicht ganz der Wahrheit, aber Fenja wollte Komplikationen meiden.

„Männer verstehen Frauengeschäfte nicht so gut wie wir, oder? Ted? Sowas habe ich eher von Marlon gedacht. Er ist der Geschäftstüchtige von beiden."

Fenja bemerkte den Fauxpas zu spät und tat so, als hätte sie nichts gehört. Sie verstand mittlerweile besser, als man sich vorstellen konnte, aber sie setzte auf die gute Beziehung als Freundin.

Das Land am anderen Ufer

Ted saß im Park und wartete auf seinen Partner Marlon. Sie waren zum Mittag verabredet. Sie lebten bereits seit vier Jahren zusammen, aber sie hatten sich angewöhnt, hin und wieder die Mittagszeit zusammen zu verbringen. Sie hatten sich nämlich mittags in einem Restaurant in New York kennen gelernt und Ted war in dieser Hinsicht sehr romantisch und nostalgisch. Er wollte immer wieder den ersten Tag aufs Neue erleben.

Der Boden fühlte sich frostig und nass an. Trotz der dicken Wollsocken spürte er, wie seine Zehen froren. Manchmal vermisste er seine Geburtsstadt New York. Dort könnte man jetzt um die Ecke einen Tachos-Laden oder Hot-Dog-Wagen finden.

Er wohnte damals, als sie sich kennen lernten, nah des South Central Park. Er hatte in Deutschland die Natur schätzen gelernt und wenn sie mal im Urlaub in New York waren, fühlte er sich von den übergroßen Gebäuden und unzähligen Autos in Manhattan erdrückt. Nur das Essen war einfacher und billiger als in Deutschland.

Er schaute auf sein Tablet und las eine E-Mail, die Marlon ihm geschickt hatte, um ihm mitzuteilen, dass der in fünf Minuten da sein wollte.

Ted hieß eigentlich Theodore wie sein Patenonkel, ein früherer Major aus der Armee, in der sein Vater mal in Düsseldorf gedient hatte. Er war Marketing-Spezialist und sehr gut ausgebildet. Er hatte die besten Abschlussnoten und trotz der vielen Angebote, die er damals bekommen hatte, hatte er sich für ein Leben als Selbständiger entschieden.

Er trug immer eine Cap oder einen Hut. Viele seiner Freunde wussten nicht einmal, ob er Haare hatte. Man konnte seine Art als dandyhaft bezeichnen.

Marlon war bereits zu sehen. Er kam aus der U-Bahn-Station heraus und eilte die Straße herauf auf Ted zu.

„Hallo Baby." Marlon küsste ihn auf den Mund. Bei beiden war die besondere Wärme der Liebe zu spüren. Eine Dame, die an beiden vorbeiging, gab einen missbilligenden Laut von sich.

Ted wollte die Dame sofort in derber Form beschimpfen, als Marlon seine Lippen mit dem Finger berührte und ihn zum Schweigen brache.

„Du weißt ganz genau, was passiert, wenn du deine Meinung so äußerst. Lass das sein. Wir haben bereits genug Ärger von den beiden letzten Malen, oder?"

„Darf ich nicht mal das Wort mit ‚V' sagen?"

„Das ist mit ‚F' und das darfst du auch nicht. Komm, wir müssen bald essen und die Details der Veranstaltung besprechen, weil ich bald die Eintrittskarten verkaufen muss. Wir brauchen Geld. Übrigens, wir haben jetzt einen Werbeträger für die Radiosendung."

Marlon war immer in Überlegungen vertieft und Ted holte ihn meistens aus solchen Gedanken heraus. Entweder machte Marlons künstlerische Ader ihn etwas weltfremd oder einfach seine Art. Ted wusste, dass wenn er Geld brauchte, bald teure Ausstellungen seiner Arbeiten bevorstanden.

„Hast du nicht zu billig vermittelt, oder?"

Marlon war von dieser Vermutung schockiert. Mit einer dramatischen Hand-auf-der-Brust-Geste blickte er ungläubig zurück.

„Wie denkst du, dass ich meine Anzüge von El Corte Inglés aus Barcelona bezahlen werde? Selbstverständlich habe ich einen guten Preis für uns ausgehandelt."

Ted küsste ihn und beide lachten über Marlons schauspielerische Leistung.

Sie gingen einige Schritte von der Sitzbank am Rande des Parks weiter in Richtung Stadt und trafen auf ein koreanisches Restaurant. Ted mochte koreanisches Essen nicht, aber er brachte es nicht übers Herz, Marlon das zu sagen. Marlon sah darin Deutschlands Vielfalt an solchen Restaurants, die er sehr schätzte.

„Die Damen aus der Heilpraxis haben endlich geantwortet. Fenja war von vornherein einverstanden." Man konnte nicht sagen, dass Marlon diesbezüglich gelogen hatte, aber er selbst wusste, dass dies eine überaus optimistische Einschätzung der Lage war.

„Lediglich die dicke Sybille wollte sich einmischen." Er machte ein besonders missbilligendes Gesicht beim Aussprechen ihres Namens.

„Seit vier Monaten nur mit dieser Radiosendung war es schon Zeit, dass Sybille zugibt, dass unser Vorschlag das Beste für Fenjas Karriere ist."

„Denkst du, dass Celina sich beleidigt fühlen wird? Wir haben mit ihr nicht mehr gesprochen, seit wir Fenja entdeckt haben."

„Irrgh. Du hast recht. Ich muss mich bei ihr beliebt machen und ihr zeigen, dass wir uns weiterhin auch um sie kümmern. Aber sie ist nicht charismatisch. Sie sieht fabelhaft aus und sicher, sie macht Eindruck, wenn sie nicht herumkommandiert. Du musst aber zugeben, sie ist nicht die Netteste." Marlon war schonungslos ehrlich, wenn beide unter sich waren.

„Kannst du sie nicht in die Radiosendung einbauen? Eventuell als Gastmoderatorin oder als Expertin für irgendetwas?" Ted rätselte, wo sie Celina einbauen könnten, weil er sie ungern verlieren wollte.

„Nun? Wir bauen sie als Expertin für Beziehungen und Familienkonstellationen ein. Ich denke, das kommt gut an. Das ist zwar Pseudowissenschaft, aber viele glauben an so was."

„Ich war in einem Beratungshaus, wo wir im letzten Sommer gearbeitet haben. Sie haben mir erklärt, dass diese esoterische Branche der momentane Renner ist. Angeblich geben die Menschen mehr Geld für diese Methoden aus als für Homöopathie. Sie rechnen mit einer Steigerung von mehr als dreißig Prozent für Investitionen in der Branche."

Marlon pfiff durch die Zähne.

„Aber das kann nur funktionieren, wenn Fenja mehr in ihren Auftritt investiert. Sie ist gut, aber nicht so gut, dass wir uns mit ihr im Fernsehen präsentieren können."

Ted machte seine Bürotasche auf und holte eine Mappe heraus. Sie glänzte in dunklem Blau und wirkte in Marlons Augen eher kitschig. Wer macht sich was aus Indigo in der heutigen Zeit?, dachte Marlon abschätzig und nahm die Mappe an sich.

Er las das Profil eines Theaterlehrers durch. Übersichtlich und hochgradig gekonnt formuliert. Weiter unten waren Auszeichnungen aufgelistet, die an der Glaubwürdigkeit des Lehrers keinen Zweifel ließ.

„Nun, er ist bestimmt nicht günstig."

„Nein, ist er nicht. Aber wenn Fenja sich so gut entwickelt, wie ich denke, dann werden sich unsere Investitionen wirklich lohnen. Ich habe ihn für das Projekt gebucht."

Marlon war überrascht.

„Mit welchem Geld?"

„El Corte Inglés muss einige Monate ohne deine Einkäufe leben."

„Meine Mutter hat mich immer davor gewarnt, einen Amerikaner zu heiraten. Sie meinte, alle Amerikaner sind Las-Vegas-Spieler."

„Deine Mutter wusste nur nicht, dass ihr Sohn einen dieser Spieler so sehr liebt, oder?"

„Aber nur einige Monate, ich warne dich."

Ted machte eine kurze Pause, was Marlon so verstand, dass es noch ein Thema zu besprechen gab.

„Was nun?"

„Egal wie unsere Geschäfte mit den Damen weitergehen, wenn du ein Problem hast, ich bin dein Doktor. Bitte keine privaten Gespräche oder Behandlungen dort."

„Ja. Ich habe verstanden."

„Und wenn du wieder das Gefühl bekommst, etwas trinken zu müssen, dann nur, wenn ich dabei bin."

„Ja, Meister." Marlon nahm eine Pose wie ein Djinn ein.

„Bleibe ernst. Du hast mich schon einige Haare gekostet."

„Ich meine es ernst."

Eins, zwei – und Licht!

Aurora schaute ihren Körper im Spiegel an und war selbst von sich überrascht. Sie wog fast ein hundert Kilo weniger als ein Jahr zuvor. Doch trotz aller Fitness und Straffungen, die sie versucht hatte, waren ihre Hautlappen nicht weniger geworden. Sie fuhr mit dem Finger an ihrem Bauch vom Bauchnabel nach oben und spürte die darunterliegenden Muskeln, als wären sie aus Stahl. Sie waren gespannt wie Gitarrenseiten und fühlten sich voller Energie an. Doch die darüber liegende Haut war elastisch und schlaff.

Ihre Haare waren in der Zwischenzeit länger geworden. Gerne hätte sie diese kürzer getragen, aber die Haut am Nacken war auch etwas schlaff und noch nicht passend für ein schulterloses Hemd. Wie Fenja ihr erklärte, musste sie sich auf ihre Konditionierung konzentrieren und sich von jeglichem Essen fernhalten. Bis kein Fett mehr zu sehen war und vor allem, damit das Fett sich nicht wieder wie ein Polster auf ihr breitmachte.

Sie war noch etwas feucht vom Bad und betrachtete ihren Körper im Spiegel des Schlafzimmers.

„Aurora?", rief ihre Tante Dolores aus dem Wohnzimmer.

„Ich komme. Warte."

Aurora wurde in den letzten Monaten auch ungeduldiger. Scheinbar beeinflusste diese Diät auch ihre Stimmung. Sie zog ihre neue Unterwäsche an und darüber ein Gummikorsett, das angeblich ihre Haut bessern sollte. Das hatte ihr die Japanerin in der Praxis verkauft.

Als sie fast fertig mit Anziehen war, hörte sie wieder ihre Tante rufen.

„Aurora, Mensch. Kommst du nun?! Wir wollen essen gehen."

Sie waren mit zwei Freundinnen ihrer Tante in der Pizzeria verabredet. Jedoch konnte sie sich nicht vorstellen, sich in einem italienischen Restaurant wohlzufühlen, da alles, was Italiener servieren, entweder in Öl badet oder in Fett schwimmt. Sie war entschlossen, beide Varianten zu meiden und möglichst ihre Abnahmekur weiter fortzuführen. Es fehlten nur noch acht Kilos, bis sie ihr Idealgewicht erreicht hätte.

Sie prüfte das Korsett und stellte wieder fest, dass es zu lasch am Körper hing. So musste sie es wieder ausziehen und an beiden Seiten zusammenziehen.

Als sie endlich mit dem Ergebnis im Spiegel zufrieden war, zog sie ihr Kleid an. Sie stieg zum ersten Mal in Pumps hinein. Ihre Hinterbeine fühlten sich schlaff an, aber sie waren in engen Strümpfen zusammengedrückt, so dass niemand den Zustand der Haut beurteilen konnte.

Sie öffnete die Tür zum Schlafzimmer und ging zu ihrer ungeduldigen Tante.

„Du hast aber die Ruhe weg. Wir sind fast zu spät. Lass uns gehen, weil Cora und Sheila bestimmt bereits im Restaurant sind.

Cora und Sheila waren ebenfalls Klientinnen der Praxis und versuchten genau wie Aurora abzunehmen. Leider mit viel geringerem Erfolg, aber sie waren ja erst am Anfang der Behandlung.

Aurora und Dolores liefen wie auf der Flucht und gingen die Hauptstraße zu Fuß zum Restaurant, das unweit ihrer Wohnung lag.

„Ich bin noch nicht bereit für solch deftiges Essen. Ich muss noch acht Kilo abnehmen."

„Aber du besteht fast nur noch aus Haut und Knochen!", staunte Dolores.

„Wie soll du das weitergehen?" Dolores war recht besorgt, weil Aurora wie besessen war und keine Nahrung mehr zu sich nahm, und das Wenige, was sie aß, konnte nicht einmal eine Ratte ernähren. Sie aß nur Rohkost und einen Apfel pro Woche. Es war deutlich zu wenig für ein großes Mädchen, das sie nun einmal war.

„Es ist nicht so schlimm. Ich muss nur etwas mehr abnehmen und dann kann ich wieder normal essen." Auroras Blick verharrte starr in der Luft. Sie sprach mit voller Überzeugung und Dolores musste dies akzeptieren, da es auch Teil der Behandlung war.

Sie waren etwa hundert Meter vom Restaurant entfernt, als Aurora kurz anhielt.

„Langsam, Tante. Mir ist etwas unwohl. Ich glaube, das Wetter macht mir zu schaffen. Ich kann Föhntage nicht leiden." Der klare Himmel bestätigte Auroras Behauptung und Dolores selbst litt auch an solchen Tagen etwas unter Kreislaufproblemen.

„Du hast recht. Ich bin immer so hektisch, aber wir waren bereits vor einer Viertelstunde verabredet und du weißt, wie ungern ich verspätet zu meinen Verabredungen komme."

Sie machten eine kurze Pause an der Bushaltestelle und setzten sich kurz hin. Dolores war etwas besorgt, weil Auroras Schwäche mit den vielen Kilos, die sie verloren hatte, zusammenhängen konnte. Sie wollte nicht für ein gesundheitliches Problem verantwortlich sein und so beobachtete sie Aurora genau.

Aurora stand auf und war wieder munter. Das Unwohlsein schien vorüber zu sein. Bald erreichten sie die Pizzeria. Die Pseudoitaliener grinsten an der Tür und versuchten so italienisch wie möglich zu wirken, doch weder ihre Körperproportionen noch die südländische Sprache ließen den faulen Zauber übersehen. Doch dies kümmerte die beiden Peruanerinnen kaum.

Sie lächelten charmant und gingen in das Restaurant hinein und folgten der Bedienung mit den Speisekarten, die sie beide zu den bereits wartenden Cora und Sheila brachte.

„Mädels, wir waren zu Fuß unterwegs. Aurora brachte mich außer Puste. Schau mal, was für einen fabelhaften Körper sie jetzt hat." Dolores präsentierte ganz demonstrativ mit beiden Händen Aurora als ihr Werk.

Aurora drehte sich nach links und nach rechts und stellte sich gerne zur Schau. Es war der Traum vieler Frauen, bewundert zu werden und vor allem eine Diät erfolgreich abzuschließen oder mindestens zum Teil, wie es bei ihr der Fall war.

„Nur noch acht Kilo, dann bin ich mit meiner Diät zu Ende. Ich muss leider etwas gegen meine überschüssige Haut tun." Sie zeigte mit beiden Händen, dass einiges an ihr herumhing.

„Ist das so schlimm?", fragte Sheila.

„Meine Titten sind am Bauchnabel und mein Arsch ist fast bis zum Knie gefallen." Ihr peruanischer Humor war etwas derb für die anderen Frauen, aber sie lachten trotzdem schallend.

„Ich trage momentan ein Korsett und Stützstrümpfe und mache viel Sport, um die Haut zu straffen."

„Unsinn. Geh zum Schönheitschirurgen und lass dir alles raffen", empfahl Cora.

„Neh, neh und neh! Ich habe alles ohne Ärzte geschafft und das muss laut unserer Heilerin auch so gehen. Sie ist fantastisch. Sie hat das geschafft, was kein Arzt bisher geschafft hat." Aurora sprach für gewöhnlich nicht so viel, aber seit sie dünner geworden war, war ihr Selbstbewusstsein erstarkt.

Sie nahmen Platz und blätterten eifrig in den Speisekarten. Alle bestellten Pizzas oder Nudeln, aber Aurora bestellte lediglich einen Salat ohne Öl und Essig.

„Im Ernst? Das ist schlimmer als Hamsterfutter", klagte Sheila.

„Von allein gehen diese Pfunde nicht weg und ganz ehrlich, ich fühle mich so schlecht, wenn ich esse, dass ich mir Mühe geben muss, um das zu essen, was ich bestellt habe. Auch trinken kann ich nur Wasser, da alles andere bei mir fast zum Erbrechen führt."

„Oh Gott. Das brauche ich unbedingt. Das Einzige, was mich zu solchen Zuständen führt, ist, wenn meine Schwiegermutter zu Besuch kommt." Sheila und ihre

Schwiegermutter konnten sich nicht leiden und nicht selten berichtete Sheila, dass ihre Schwiegermutter sie als zu fett bezeichnet hatte.

„Was kostet so eine Behandlung bei dieser Heilerin?" Sheila wusste, dass gegen ihre dreißig überzähligen Pfund wirklich nur ein Wunder helfen konnte.

„Das weiß ich nicht, aber ich gebe dir einen Flyer von ihr. Besuche sie mal. Lass dich nur nicht von der Japanerin an der Rezeption einwickeln. Jedes Mal, wenn ich sie sehe, verkauft sie mir etwas Neues", gab Aurora der Tratschrunde einen Tipp.

„Sei nicht so boshaft. Misuki ist sehr engagiert. Du könntest auch so arbeiten wie sie und gutes Geld damit verdienen. In dieser Versicherung, wo du bist, kommst du nicht voran." Dolores glaubte nur an Bares, und Geld nur am Monatsende zu bekommen, war nicht ihr Fall.

„Eventuell könnte ich wirklich etwas aus meiner Diät machen. Sybille hat mich als Modell für die Praxis eingeladen. Sie bezahlen mich für den Auftritt neben Fenja."

„Wow! Das wusste ich aber nicht." Dolores war fast ein wenig beleidigt, dass sie erst jetzt darüber informiert wurde, aber immerhin, eine Sendung im Fernsehen mit Moderator und Zuschauern, wer wusste schon, ob Aurora nicht demnächst als Star auftreten würde.

„Es geht um eine Kur ohne Ärzte und eine Diskussion, in der Fenja zeigt, wie sie ohne medizinische Hilfe Wunder wie diese vollbringt." Aurora zeigte dabei wieder ihren Körper in die Runde.

Der Abend verlief mit vielen bewundernden Anmerkungen und den erwarteten Empfehlungen sowie eine Einladung zur Fernsehshow.

„Es wird langsam zu spät für mich. Seit ich abgenommen habe, kann ich besser schlafen und ab zehn Uhr abends muss ich mich hinlegen." Aurora schwitzte etwas, wegen der Wärme aus dem benachbarten Steinofen, nahm sie an.

„Und vielleicht bist du mit dem Körper bald nicht mehr allein. Du brauchst alle deine Kräfte." Sheila war bereits aus der Rolle gefallen und war sichtlich beschwipst.

Alle lachten und die Weingläser wurden erhoben. Mittlerweile hatte Dolores auch etwas zu viel getrunken und machte dem Kellner schöne Augen, der von den extrem selbstbewussten Frauen sichtlich irritiert war.

„Verlangen wir die Rechnung. Ich muss vor dem Schlafen noch duschen." Aurora übernahm das Kommando, während die von Alkohol benommenen Frauen weiter über derbe Witze lachten.

Der Weg zurück nach Hause war ereignislos. Lediglich Dolores war etwas unsicher beim Gehen, aber sie konnte sich auf Aurora stützen.

„Schläfst du im Gästezimmer? Es ist zu spät, um nach Hause zu fahren, und ich habe dein lila Kleid gewaschen. Unterwäsche hast du auch da."

„Ist gut, Tante. Ich bin sowieso zu müde, um zu gehen."

Sie kamen zu Hause an und Aurora ging, um ein Bad zu nehmen. Ihr Körper bebte etwas. Es war wie ein Zittern, aber nicht wie eine Herzrhythmusstörung, sondern als wäre sie ängstlich, nur ohne Angst. Sie betrachtete ihren nackten Körper im Spiegel, der langsam vom Dampf aus der Badewanne beschlug. Sie fuhr mit dem Zeigefinger über die kleinen Wunden in den Falten ihrer Haut. Nachdem sie das Korsett ausgezogen hatte, blieben Striemen an der Haut, die scheinbar nicht so schnell verschwinden würden.

Sie drehte sich, um ihren Rücken zu betrachten, und er sah fast normal als. Sie verglich sich mit einer Puppe aus Wachs, die zu viel Sonne bekommen hatte. Sie sah aus, als würde sie schmelzen.

Sie stieg ins Wasser und spürte wieder das Zittern und ihr wurde etwas schwindlig.

Sie ruhte im warmen Wasser und meditierte, wie Fenja es ihr beigebracht hatte: „Eins, zwei und das Licht wird sich um dich sammeln."

Sie wachte abrupt auf, als ihre Tante an der Tür klopfte, und merkte, dass sie im Wasser eingeschlafen war.

„Du bist schon zwei Stunden da drin. Es ist bereits nach Mitternacht. Geh ins Bett."

„Sorry. Ich bin eingeschlafen."

Der Meditationsgedanke war ihr noch im Gedächtnis, obwohl sie nicht weiter meditierte und sich Mühe gab, sich anzuziehen. Sie hörte weiter, wie der Meditationssatz sich in ihr Kopf wiederholte.

Sie kam ins Gästezimmer und legte sich schnell ins Bett und wollte so schnell wie möglich schlafen. Sie ertrug es nicht mehr, den Satz „Eins, zwei und das Licht wird sich um dich sammeln" zu hören.

Celina war von sich selbst enttäuscht. In den letzten Monaten hatte sich ihr Liebling Fenja von einem subalternen Mädchen zu ihrer stärksten Konkurrentin gewandelt. Und das hatte sie zu verantworten, das wusste sie leider zu gut.

Sie hatte zwar ihre Reise nach Andalusien verschoben, aber es hatte Fenja nicht gehindert, die größte Attraktion der Praxis zu werden. Sie merkte, dass Sybille nicht mehr so viele Termine für sie ausmachte und Fenja jetzt mehr Geld in die Praxis einbrachte als sie selbst.

Sie schaute am Computer in ihren Terminkalender und überlegte, wie sie weitermachen sollte. In zwei Wochen sollte Fenja sogar als Hauptgast in einer Talk-Show im Fernsehen auftreten. Es war nicht Neid, aber Enttäuschung. Celina war von sich sehr überzeugt und deswegen übersah sie, wie sich alles veränderte. Sie hatte auch zu viele Ausgaben und mit stets sinkenden Einnahmen musste sie bald überlegen, ob sie nicht eine zweite Arbeitsstelle suchen musste.

Sie schaltete den Computer ab und schaute zum aufgeräumten Tisch, wo sie das rosa Porzellan drapiert hatte. Dieses Porzellan hatte sie aus England von einer ihrer Reisen zu Keltentreffs mitgebracht. Passend dazu lief ein Celtic Classics aus ein Internetradio und sie zündete ein Räucherstäbchen an, um eine passende Atmosphäre zu schaffen. Sie lud Ted und Marlon auf einen Tee und wollte beide dazu bewegen, mehr für sie zu tun. Sie war immerhin ihre beste Kundin in den letzten fünf Jahren gewesen, und das sollte sich jetzt auszahlen.

Es war bereits nach vier, als aus der Schweizer Uhr an der Wand, die zehn Minuten nachging, ein Glöckchenlied ertönte, das ankündigen sollte, dass es vier Uhr war.

Sie schaute durch das Fenster und war bereits nervös. Sie wollte gerade zum Hörer greifen und den Termin absagen, als sie die klägliche Stimme von Marlon hörte, der behauptete, den Termin vergessen zu haben.

Sie ging in die Küche und stellte den Wasserkocher an. Sie dachte pragmatisch und wenn doch keiner zum Tee käme, wüsste sie wenigstens, woran sie war.

Das Wasser fing bereits an zu blubbern, als sie hörte, wie ein Auto auf der Straße herankam. Sie schaltete das Wasser ab und schaute durch das kleine Küchenfenster zum Parkplatz und dachte, wie widerlich sie es fand, verspätet zu Terminen zu erscheinen.

Sie kontrollierte kurz ihre Frisur im Spiegel auf dem Flur und wartete, den Finger bereits auf dem Türöffner. Als unten geschellt wurde, drückte sie sofort, um die Tür zu öffnen. Der alte Aufzug wackelte wie ein alter Dampfer und machte im fünften Stock die Türen zu und auf und wieder zu und entschloss sich dann, hinunterzufahren. Sie überlegte in diesem Moment, dass bald eine satte Rechnung für die Reparatur dieses Aufzug ins Haus flattern würde.

Als sich die Tür öffnete, traten beide Herren heraus.

„Celina, meine Liebe. Ted ist ein mieser Fahrer. Wir kurven hier seit mehr als zwanzig Minuten herum." Marlon log und Celina wusste das, aber er konnte das so gut, dass man ihn sogar dafür lieben konnte.

„Das Wasser ist gerade fertig geworden. Ich habe mich mit der Zeit vertan und war nicht fertig. Kommt rein." Sie konnte genau wie Marlon die Wahrheit umdrehen und charmant wirken. Lieber hätte sie die Wahrheit gesagt, aber sie war sich sicher, charmant käme sie bei diesen beiden besser voran.

Die Jacken wurden an die Kleiderhaken an der Wand gehängt und Ted legte sogar seine Cap ab. Ein seltener Anblick. Celina goss das dampfende Wasser in die Kanne mit Rosentee, eine Mischung aus Assam, Ceylon und Rosenblättern, und der Raum füllte sich mit dem Duft von Rosen.

„Oh mein Gott. Das duftet herrlich", jaulte Marlon in einer sehr gefühlsbetonten Art.

„Das kommt aus dem Teehaus von Misukis Mutter."

„Was Misuki alles für Überraschungen hat. Ich wusste nicht, dass ihre Mutter ein Teehaus hat."

„Na ja, Marlon. Du bist ja auch nicht täglich in der Praxis."

Sie goss etwas Tee durch das Sieb in Marlons Porzellantasse und danach in die von Ted. Marlon schaute tief in ihre Augen und bemerkte:

„Du auch nicht, oder?" Dann schlürfte er an seinem Tee und fächerte etwas Teedampf in sein Gesicht.

„Touché, du Miststück!" Celina lächelte leicht bitter, da sie offensichtlich entlarvt worden war.

„Ich bin zwar nicht jeden Tag dort, aber Sybille ist ein offenes Buch. Und man muss kein Hellseher sein, um zu merken, wie die Geschäfte sich dort verändern."

Ted gab das wie selbstverständlich in die Runde und da er sich missverstanden fühlte, erklärte er weiter.

„Naja. Fenja ist fabelhaft aufgeblüht und seit sie da ist, ist der Umsatz dieser Praxis um mehr als das Fünffache gestiegen." Er schaute herum, ob alle ihn verstanden hatten.

„Fünffache?", fragte Celina.

„Ja. Ich habe die Kalkulation mit Sybille vor zwei Wochen gemacht und wir wollten wissen, wie sich der kommende Auftritt auf die Praxis auswirken würde."

Celina wäre mit dem doppelten oder sogar dreifachen Umsatz einverstanden gewesen, aber diese neue Information machte sie in dieser Praxis zu einer unbedeutenden Null.

„Wie könnte ich mich verbessern? Ich muss neue Ziele suchen und etwas mehr aus meiner Vergangenheit machen. Ich werde nicht mehr so oft gefragt und langsam mache ich mir Sorgen."

Celina schnitt den Marmorkuchen an, den sie selbst gebacken hatte. Sie hoffte, er wäre nicht so trocken wie sonst immer. Für einen Moment wollte sie weinen, da sie bestimmt nicht mithalten konnte und ihr Geschäft nicht aufgeben wollte.

„Du brauchst etwas Politur. Wir müssten dich aufpeppen und als Mentorin von Fenja bist du immer noch eine sehr wichtige Figur für das Geschäft. Wir haben das zu Hause besprochen, als du uns zum Tee eingeladen hast."

Marlon nickte mit vollem Mund, Ted zustimmend.

„Wir haben auch viel in Fenja investiert und hoffen, dass sich diese Investition für uns lohnt. Bei dir haben wir bis jetzt nur zugeschaut. Wir wollen uns niemals einmischen, wenn man es nicht von uns verlangt."

Marlon hatte immer noch den Mund voller Marmorkuchen und goss etwas Tee nach, was Celina darin bestätigte, dass ihr Kuchen zu trocken war. Er schüttelte den Kopf als Zustimmung zu Teds Aussage.

„Ich habe mich immer engagiert, aber ich fühle mich, als hätten mich alle verlassen." In diesem Moment konnte sie eine Träne nicht vermeiden. Sie holte ein Taschentuch und versuchte, die Fassung schnell wiederzufinden.

„Liebes. Wir verlassen dich nicht. Ehrlich gesagt, Sybille auch nicht. Sie ist nur im Rausch, weil Fenja nicht nur eine Heilerin ist, sondern ein Star, aber wir haben sie zum Star gemacht." Marlon schlürfte wieder an seinem Tee und legte eine zu betonte Pause ein und dann legte er vertrauensvoll eine Hand auf Celinas Knie.

„Was wir einmal geschafft haben, schaffen wir wieder."

Celina lächelte und schwieg in Erwartung dessen, worauf Marlon hinauswollte. Da er nicht weitersprach, wusste sie, dass es eine Aufforderung an sie war, selbst zu sprechen.

„Was wird mich das kosten?" Das Lächeln war aus ihrem Gesicht verschwunden und Ted holte sein Tablet aus seiner Aktentasche heraus.

„Es ist nicht als Kosten zu sehen, sondern als Investition."

Ted begann eine Rede, die über zwanzig Minuten dauerte, und warf mit Zahlen und Prognosen um sich und Celina schaute nur entgeistert, weil sie seine Ausführungen und seinen amerikanischen Slang nicht ganz verstand.

„Ted", unterbrach sie seine Rede.

„Ich kapiere gar nichts. Was wollen wir machen und wie viel kostet mich das?"

Ted war sichtlich gekränkt und Marlon übernahm wie gewöhnlich das Reden. Er konnte immer sehr gut die Führung übernehmen, wenn Ted in seiner Rede die Kontrolle über die deutsche Sprache verlor.

„Celina. Was wird es dich kosten, dieses Geschäft zu verlieren?" Marlon traf das Problem auf den Punkt. Celina war sich bewusst, dass wenn sie weiter nichts täte, sie bald Geschichte wäre.

„Wir wollen dich als Fenjas Mentorin aufbauen und hätten dann zwei begabte Damen in unseren Shows." Celina folgte ohne Zögern der Idee und war sichtlich von Marlons Ausführungen begeistert.

„Fenja wird bestimmt mitmachen, aber du musst uns behilflich sein und dich von deiner Schokoladenseite präsentieren. Die Seite, die wir so sehr an dir immer bewundert haben." Es tat weh, aber sie verstand, dass sie vielleicht doch nicht so nett war, und dies machte die Runde. Marlon war diskret, aber er verstand es, indirekt auf den Punkt zu kommen.

„Ich tue alles. Ich merke, dass es momentan nicht gut läuft, und wenn ich nichts mache, dann heißt es ‚Ade,

Schwester Celina'. Ich verstehe nicht, warum sich das so entwickelt hat, aber Fenja ist ja scheinbar charismatischer als ich."

Marlon merkte, dass sie etwas Lob suchte und reagierte entsprechend.

„Aber wo? Du bist auch charismatisch, nur auf eine andere Art. Hier ist ein Vertrag mit unserem Berater vom Theater. Er wird sich bei dir melden und du musst dann mit ihm die Vorbereitungen für den Fernsehauftritt treffen. Es sind zwei Wochen, aber wir rechnen damit, dass du danach mehr Kunden haben wirst."

Marlon machte eine Pause und wartete auf die Wirkung.

„Ihr seid so gut zu mir." Celina hielt kurz eine Lesebrille vor ihre Nase und überflog die Zahlen im Vertrag.

Mein ist das Licht, dachte sie kurz. Sie war immer eine Kämpferin gewesen und sie wollte auch jetzt weiterkämpfen und wieder ihr Publikum gewinnen. Sie hatte etwas Angst, da sie an Authentizität verlieren könnte, wenn sie sich jetzt anders benehmen würde, aber anderseits war das ja der Grund, warum die Kunden sie verließen.

„Gut. Dann fangen wir an. Noch etwas Tee?"

Um Hildes Willen

Hilde räumte ihre Küche auf. Seit dem Unfall mit Anneliese war sie oft etwas traurig. Anneliese war immer so lebhaft gewesen und beide hatten immer so viel Spaß gehabt.

Am Tag zuvor war sie gebeten worden, ins Krankenhaus zu kommen. Offensichtlich ging es Anneliese schlechter, als sie dachte. Wie sie verstand, war der Unfall mit dem Autofahrer nicht das Problem, sondern etwas mit ihren Nieren. Sie hatte zwar eine kleine Prellung vom Sturz, aber diese war nicht für ihren Zustand verantwortlich.

Sie zog sich an und machte sich auf dem Weg. Kurz bevor sie die Wohnung verlassen wollte, ging das Telefon.

„Mounad", meldete Hilde sich.

„Hallo Hilde. Hier ist Fenja. Ich wollte mich nach Annelieses Zustand erkundigen. Geht es ihr wieder besser?"

„Hallo Fenja. Also gut geht es ihr gar nicht. Der Arzt meint, dass sie einen Niereninfarkt hatte."

Hilde ging durch den Kopf, wie aufmerksam es von Fenja war, aber sie musste schnell aus dem Haus, weil sie sonst den Bus verpassen würde.

„Sag ihr, dass ich sehr viele gute Vibrationen an sie sende und sie sich bald wieder sich bei mir melden soll."

„Sie hat schon mehrere Wochen über diese Schmerzen geklagt. Wusstest du davon?"

„Was meinst du, Hilde?"

„Anneliese hatte Schmerzen und sie meinte, sie hätte mit dir gelernt, die Schmerzen als gut zu empfinden."

Eine kurze Pause trat ein und Hilde hoffte, sie würde nicht missverstanden, weil sie niemanden beschuldigen wollte.

„Nein. Leider mir hat sie nichts davon erzählt. Sybille hat auch nichts darüber geschrieben. Aber wir müssen einsehen, dass das zum Leben gehört. Wir sind alle von Krankheiten verflucht. Das ist das Leben."

„Ich muss zugeben, dass ich ihr gesagt habe, sie solle den Doktor befragen, aber sie wollte es nicht."

„Anneliese hat ihren eigenen Kopf. Wenn ich das gewusst hätte, hätte ich sie überzeugt, sich untersuchen zu lassen. Man kann sich selbst heilen, aber man kann etwas von den Untersuchungen mitnehmen. Gib mir bitte Bescheid, Liebes."

Fenja war herzlich und engagiert und Hilde bekam das Gefühl, dass Anneliese zu verantwortungslos mit ihrer Gesundheit umgegangen war.

Hilde verließ das Gebäude und als sie an der Bushaltestelle vorbeiging, wo Anneliese angefahren worden war, lief ihr ein kalter Schauder über den Rücken.

Sie kam ins Krankenhaus, wo Anneliese inzwischen an ein Dialysegerät angeschlossen war.

„Hi Anneliese. Ich habe dir was zum Lesen gebracht. Geht es dir besser?"

Anneliese sah gelblich aus. Ihre Haare waren von Natur aus dünn und in diesem Zustand sogar zusammengeklebt.

Sie schwitzte etwas und das Gerät in ihrer Nähe verhalf ihr nicht gerade zu einer gesunden Aura.

Hilde sah, dass Anneliese Blumen bekommen hatte. Auch zwei Genesungskarten waren dabei.

„Ach, die Mädels von der Praxis haben mich heute besucht. Sie sind so aufmerksam."

„Echt? Ich habe mit Fenja telefoniert, kurz bevor ich wegfuhr."

„Ja. Sie hat mir diesen Strauß bringen lassen. Ein so nettes Mädchen. Sie konnte nicht kommen, weil sie eine Fernsehshow hat. Stell dir das vor."

„Meinst du nicht, dass sie eher besorgt sind, weil du doch einen Arzt hättest aufsuchen sollen?"

„Es war meine Entscheidung. Ich habe mich entschieden, mit allen Konsequenzen, ohne Ärzte zu leben, und sobald ich kann, werde ich auf jeden Fall das Krankenhaus verlassen."

Hilde war überrascht, dass Anneliese die Mädels aus der Praxis so in Schutz nahm, aber letztlich war sie es ja gewesen, die Anneliese dorthin gebracht hatte.

„Nun. Ich meine nur. Du hättest sterben können."

„Und ist das Sterben nicht Teil des Lebens? Machen wir uns nichts daraus, der Tod ist unsere Zukunft und ich will mein Leben ohne die Gifte von Ärzten leben, nur solange das Leben anhält. Bis auf weiteres wollen wir einfach das Leben genießen."

„Gut. Lass es gut sein. Aber bitte, in Zukunft, wenn du Schmerzen hast, gehe zum Doktor. Du hast mir einen gehörigen Schreck eingejagt."

Hilde rückte einen Stuhl näher an das Bett und gab Anneliese einige Zeitungen und zwei Bücher.

„Ich werde dort später anrufen und mich für die Blumen bedanken. Als sie heute früh kamen, war ich noch etwas benebelt und konnte mit den beiden kaum sprechen."

„Der Arzt bat mich vorbeizukommen, um mit mir zu sprechen."

Anneliese hob die Augenbrauen und den Zeigefinger.

„Niemals. Ich habe ihm gesagt, dass er sich um seinen Kram kümmern soll, und ich bitte dich, ihn nicht zu treffen. Ich muss sagen, dass das eine Unverschämtheit ist. Er hat mich auch bedrängt und das mag ich überhaupt nicht. Er ist bestimmt um seinen Job besorgt. Fenja hat mir das schon früher berichtet. Ärzte sind immer um ihr Geld besorgt. Wenn wir nicht mehr mit jedem Wehwehchen hingehen würden, würden Ärzte besser arbeiten. Ohne mich."

Hilde wurde klar, dass Anneliese ein Dickkopf war, und sie wollte das Thema wechseln.

„Wir haben auch Eintrittskarten für die Show bekommen. Sie liegen da in der Schublade", zeigte Anneliese mit dem Finger.

„Anne. Ich bin im Moment so schockiert, dass ich etwas Ruhe von den Heilkräften brauche."

„Tut mir leid, Liebes. Ich wollte dich nicht so erschrecken. Das Auto hat mich nur blöd erwischt. So etwas kann jedem passieren."

„Nun, es ist wie es ist. Ich muss bald wieder nach Hause, weil heute noch ein Paket kommt."

Hilde packte ihre Tasche und nachdem sie Tee getrunken hatten, bemerkte Hilde, dass der Tee im Krankenhaus lau schmeckte.

Sie verabschiedete sich und der Gedanke ging ihr durch den Kopf, ob sie den Arzt aufsuchen oder ihn ignorieren sollte, wie Anneliese sie gebeten hatte.

Sie entschied sich, den Wunsch ihrer Freundin vorerst zu respektieren, aber sie würde dem Arzt wenigstens eine E-Mail schreiben, um den Termin abzusagen.

Hilde fuhr nach Hause und dachte, dass sie doch einmal mit Fenja über ihre Behandlung sprechen sollte.

Die Bühne

Der große Tag war da und alle waren gespannt auf die Vorstellung. Ted und Marlon liefen wie Hummeln von einer Ecke des Studios zur anderen und gaben Anweisungen an die Maskenbildner und Lichttechniker. Die Regisseurin war bereits am Ende ihrer Nerven, aber wie sie mal gesagt hatte, tat sie es nur des Geldes wegen. Darum ertrug sie die dramatischen Vorstellungen der beiden Herren in erwartungsvoller Stille.

Die Moderatorin war noch nicht anwesend und die Skepsis des Fernsehdirektors war mehrfach Thema in den Vorgesprächen. Fenja bekam dies mit, konnte aber immer gut kontern. Jedoch waren alle für eine neue Idee sehr offen und hoffnungsvoll, vor allem die Sponsoren der Sendung.

Fenja tat alles Mögliche, um entspannt zu wirken. Es war unübersehbar, dass Celina erkannt hatte, dass beide gleichgestellt waren, und dies hatte in der jüngsten Vergangenheit für ein wenig Zickenkrieg gesorgt.

Aurora wurde von zwei Damen angezogen und ein körpergroßes Foto von ihrem früheren Zustand wurde auf einer Pappfigur angebracht. Aurora selbst konnte es kaum glauben. Wenn sie sich an das Foto anlehnte, konnte sie ihr altes Ich auf beiden Seiten sehen. Sie lachte fast hysterisch angesichts des Vergleichs. Ihr Mund wirkte zu groß für ihr Gesicht. Es schien so, dass alle Kurven sich an die neue Aurora anpassten, aber bedauerlicherweise nicht die Lippen und die Hautlappen, die unter der Kleidung in einem Korsett versteckt waren. Aurora konnte sich nackt nicht ansehen. Sie fühlte sich unwohl. Doch sie wollte dieses Thema mit Fenja nicht angehen.

„Harry? Harry?" Marlon schrie im Studio, um seinen Theaterlehrer zu finden. Doch der war nicht in Hörweite.

„Ted? Ted?" Marlon musste offensichtlich jemand zu Hilfe rufen, doch keiner schien ihn zu hören.

„Kann ich dir helfen?" Fenja sah fabelhaft in ihrem weißen Kleid aus. Bestickte Schmetterlinge in Pailletten waren mit Kunstperlen umrandet. Sah etwas kitschig aus, aber sehr passend zu ihrem Auftritt. Ihre roten Haare waren geflochten und ein dicker Zopf zierte ihre rechte Schulter. Das sah damenhafter aus, als sie selbst es war, musste sie zugeben. Das schlichte Kleid war von Ted ausgesucht worden. Er wollte nicht einen falschen Eindruck erwecken und die Seriosität Fenjas und Celinas sollte hervorgehoben werden.

Sie wussten, dass auch das deutsche Publikum eine große Skepsis gegenüber alternativen Behandlungsmethoden hatte. In Amerika hätte Ted dies ohne Probleme durchführen können, aber er war sich sicher, alle Vorkehrungen bestens getroffen zu haben.

„Ja, Liebes. Ich will sicher sein, dass alle da sind. Die Livesendung wird in dreißig Minuten beginnen und ich sehe weder Ted noch Harry. Kannst du sie bitte suchen?"

„Kein Problem."

„Aber verschwinde nicht. Falls du sie nicht findest, lass das Suchen sein und komm zurück."

Die Scheinwerfer wurden alle angeschaltet und auf der Bühne fühlte man sich wie in einem Ofen. Celina war etwas benommen von der Wärme und ihr Make-up schien zu schmelzen.

Der Schreck mit Anneliese war vor einigen Wochen ein großes Problem für die Methoden des Hauses gewesen und Celina war von einigen fragenden Ärzte bedrängt worden, aber sie hatte sie gut abwimmeln können.

Das Licht war bereit für den Beginn der Aufnahme. Die Kameras wurden freigeschaltet und die drei Kameraleute, unter denen eine Frau war, bewegten sich um die Moderatorin und das Publikum herum wie Luchse auf der Jagd. Sie schlängelten sich durch Stühle hindurch und die Kamerafrau machte eine Nahaufnahme der lächelnden Moderatorin.

„Sind neue Heilungsmethoden glaubhaft?", fragte die in die Kamera hinein.

Das Publikum applaudierte und war etwas überrascht, da der Applaus mehr als zweimal lauter klang, als die Anzahl der Anwesenden es vermuten ließ, aber die Eingeweihten wussten, dass es sich um untergelegte Tonkonserven handelte.

„Heute darf ich Heilerinnen in meiner Sendung begrüßen, die viele Insider bereits kennen und über die bereits viele Frauen sprechen."

Pfeifen und Fußgestampfe ergänzten das künstliche Klatschen. Die Moderatorin machte ein Handzeichen, damit das Publikum sich beruhigte.

„Wenn wir von Heilern sprechen, denken viele an Betrüger, Scharlatane oder an tatsächlich begabte Menschen, die unsere Medizin mit alternativen Methoden revolutionieren. Ich darf in meinem Studio Fenja Lerchen und Celina Retrickes begrüßen." Der Name war eigentlich Rodriguez, war aber auf der Karte in letzter Minute manuell geändert und deshalb unleserlich geworden.

Beide Damen kamen elegant herein und Fenja musste zugeben, dass sie sich das Ganze leichter vorgestellt hatte. Sie grüßten kurz in Richtung Publikum, wie es Marlon ihnen gezeigt hatte, und nahmen auf einem roten Sofa Platz.

„Sie sind beide Heilerinnen. Was bedeutet das? Was machen Sie anders als Ärzte?"

Fenja schien etwas nervös zu sein und Celina sah eine gute Gelegenheit, ihre Stellung als erfahrene Frau zu betonen.

„Man kann das gar nicht vergleichen. Ärzte behandeln Krankheiten und wir stärken lediglich den Menschen. Unsere Gebiete sind völlig verschieden. Es steht uns auch nicht zu, die Stellung des Arztes mit unserer zu vergleichen."

Diese geschickte Formulierung war von Sybille mit ihrer Anwältin vor der Sendung schriftlich formuliert worden. Celina trug sie auch, wie von Marlon angeordnet, langsam und deutlich vor.

„Und was machen Sie dann, wenn nicht die Arbeit der Ärzte?"

„Man kann einfach sagen, dass wir unsere Klienten auf die Krankheiten vorbereiten, und darum benötigen sie weniger Notbehandlungen oder sind überhaupt weniger krankheitsanfällig. Wir arbeiten in der Vorsorge."

„Einige Ihrer Klientinnen sind mittlerweile zu Internetberühmtheiten geworden. Ich habe extra für heute das Abnahmewunder eingeladen. Ich darf euch Aurora vorstellen."

Zwei Assistentinnen brachten die lebensgroße Papppuppe mit dem Foto von Aurora und sie selbst kam in einem fast hautengen Kleid in dunklem Lila herein.

Aurora zeigte sich offensichtlich mit Begeisterung dem Publikum und genoss jeden Applaus.

Dolores, die in der ersten Reihe saß, weinte Tränen der Rührung. Sie sah, dass sich die Arbeit, die Aurora mit ihrer Diät gehabt hatte, gelohnt hatte.

Aurora setzte sich neben Fenja, schlug ihre Beine übereinander und lachte.

„Warum lachst du?", fragte die Moderatorin.

„Früher hätte ich nur das machen können, wenn ich mich auf den Rücken gerollt hätte." Aurora lachte mit sichtbarem Vergnügen ins Publikum.

„Wie lief diese Kur?"

Da bewegte sich Fenja zum ersten Mal etwas nach vorne und ergriff das Wort.

„Die Methoden im Detail sind fast unwichtig, aber es ging hauptsächlich um Selbstbeherrschung und die Liebe zu sich selbst."

Die Moderatorin zeigte zur Papppuppe und nickte mit professionellem Erstaunen dem Publikum zu.

„Erstaunlich. Ich selbst bekomme gerade das Gefühl, dass auch ich eine solche Behandlung brauche."

Ein weniges charmantes, mechanisches Publikumslachen ertönte aus dem Studio.

Ted erschien an der Seite der Bühne und winkte Marlon zu sich. Der schien sehr beschäftigt damit, die Maskenbildnerin mit seinen unerfüllbaren Forderungen zu drangsalieren.

Als die Maskenbildnerin Ted erblickte, sah sie ebenfalls eine Chance, sich vor Marlons Ausbrüchen zu retten, und sie machte ihn auf Ted aufmerksam.

Die vier Frauen unterhielten sich weiter auf der Bühne und zwischen mechanischem Applaus und Lachen sprachen sie weiter über die Ergebnisse der alternativen Methoden.

Marlon ging hinter der Bühne auf Ted zu. Ted sah etwas betrübt aus und wischte hastig über den Touchscreen seines Tablets.

„Was ist denn? Wo warst du? Ich bin hier seit einer halben Stunde fast am Ausflippen." Marlon sprach leise, aber wie immer in solchen Momenten aufgeregt.

„Marlon, sei still. Wir haben ein Problem."

„Unsinn. Ich habe alles bestens organisiert. Sogar Aurora sieht wie eine Frau aus. Und das, mein Lieber, war wirklich eine Kunst."

Marlon bewunderte seine Leistungen, war aber nicht ganz bei der Sache.

Ted tippte auf Marlons Schulter und zeigte ihm sein Tablet.

Marlon las etwas aufmerksamer und ging mehr zur Seite, um mehr Licht zu bekommen, obwohl dies nicht nötig war. Marlon konnte offensichtlich seinen Augen nicht trauen.

„Seit wann weißt du das?"

„Es war Zufall. Ich sprach mit der Regisseurin und suchte etwas im Internet, als ich diese Meldung fand."

„Was machen wir jetzt?"

Ted schüttelte den Kopf und breitete seine Hände aus.

„Keine Ahnung. Lassen wir die Sendung laufen und hoffen wir, dass kein Reporter auf diesen Zusammenhang kommt."

„Naja. Im Grunde hat eins mit dem anderen nichts zu tun. Du malst wieder zu schwarz. Mach dich nicht verrückt. Ich überlege mir was."

Die vier Frauen unterhielten sich weiter auf dem roten Sofa und das Publikum schaute aufgeregt zu. Beste Voraussetzungen für den Erfolg.

Marlon ging zur Regie und schrieb am freien Computer eine Notiz. Er tippte sehr fleißig. Fleißiger als sonst konnte man sagen. Ted kam an seine Seite und Fenja bekam die Aufregung kurz mit.

Irgendwann kamen Blätter aus dem Drucker heraus und Marlon eilte zum Kameraassistenten.

Während sich die Kamera mit einer Nahaufnahme auf die Moderatorin richtete, gab der Kameraassistent Fenja die Blätter von Marlon. Sie überflog die großen Buchstaben auf den Blättern und nickte Marlon zu.

Die Show kam zum Ende und alle verließen die Bühne, begleitet vom Publikumsbeifall.

Im Umkleideraum kamen Ted und Marlon auf Fenja und Celina zu, die sich aufgeregt unterhielten.

„Warum hast du nicht gelesen, das was ich dir gegeben habe?", fragte Marlon.

„Es passte nicht in diese Sendung. Wir müssen zu diesem Thema schweigen und möglichst keine Aufregung erzeugen." Fenja war sehr bestimmend in ihrer Aussage und ließ keinen Zweifel daran, dass sie in dieser Angelegenheit das Sagen hatte.

Celina, die noch Marlons Blätter gelesen hatte, mischte sich ein.

„Wenn ein Arzt Kapital aus seiner Meinung schlagen will, dann ist das nicht unser Problem. Er hat seine Sichtweise unserer Behandlungsmethoden dargestellt. Das hat mit uns nichts zu tun."

„Das ist leider nicht ganz so, weil es Anneliese nicht gut geht. Sie ist wieder in Behandlung und weigert sich, die Dialyse anzunehmen. Sie hat zu dem Reporter gesagt, dass sie nur an Fenja glaubt."

Celina hörte ungläubig zu.

„Aber das ist nur Annelieses Sturheit. Wir verbitten niemandem, ärztliche Hilfe in Anspruch zu nehmen. Vor allem in diesem Fall, da sie wirklich Hilfe benötigt, die wir nicht leisten können."

Fenja lief rot an und schwitzte etwas.

In ihren Gedanken liefen die Sitzungen mit Anneliese noch einmal ab, wo sie ihre Kenntnisse der Hypnose angewendet hatte. Sie hatte Anneliese überzeugt, die Schmerzen als Lohn zu interpretieren und sich wegen der Heilung allein auf ihre innere Stimme zu verlassen.

Es war eine Mischung aus Eitelkeit und Selbstüberschätzung, die scheinbar eine gefährliche Dimension erreicht hatten.

Sie hatte diese Techniken bei einer der Lehrerinnen des Instituts gelernt, an dem Celina lehrte, und sie war gut, das wusste sie. Jedoch wollte sie dies nicht preisgeben. Sie dachte, die Anwendung der Technik würde nur Positives bewirken, und das war das erste Mal, dass etwas nicht so lief, wie sie gedacht hatte.

Sie sah alle an, die das Problem besprachen, und überlegte, wie sie alles erklären sollte.

„Gibt es etwas, was wir machen können?"

„Wir sprechen mit dem Arzt und bitten die Zeitung um eine Gegendarstellung. Es ist auch unser Recht, oder?"

Während sich alle aufgeregt weiter über Begründungen unterhielten, verließ Fenja den Raum.

Es war ihr klar, dass wenn es bekannt würde, dass alle behandelten Personen unter dem Einfluss von Hypnose waren, sie mit Konsequenzen rechnen musste.

Ihre damalige Lehrerin hatte ihr auch geraten, die Ausbildung ordentlich anzumelden und die Klienten immer ausgiebig über die Behandlung zu informieren, aber sie hatte den Ruhm ihrer Heilergebnisse zu sehr genossen. Es wurde ihr klar, dass sie jetzt den Preis für ihre Eitelkeit zahlen musste.

Sie ging an dem Abend zu Fuß nach Hause. Es war ein langer Weg, aber sie brauchte diesen Spaziergang. Zu spät bemerkte sie, dass sie ihren Mantel im Studio vergessen hatte, und sie war zu müde, um zurückzukehren. Sie stellte nur sicher, dass sie ihre Hausschlüssel bei sich hatte.

Sie überlegte, wie die Behandlungen von Aurora und den anderen Klienten eigentlich abgelaufen war, und war sich sicher, dass im Grunde alles so funktioniert hatte, wie sie es von Celina und die andere Lehrerin aus der Agatha Institut gelernt hatte, und dass die Klienten bisher nur die Heilung bestätigt hatten. Aber was wussten diese Personen, wenn sie hypnotisiert waren?, fragte sich Fenja selbst.

Ihr wurde der Schwachpunkt des Konzepts klar und das Problem, das daraus erwachsen war. Wie sollte sie den Menschen helfen, die sich nicht helfen lassen wollten?

In ihrem Kopf kreisten mehrere Gedanken und sie spürte, wie das Licht, das sie bislang um sich herum glaubte, entschwand und sich das, was ihre Hoffnung war, in Dunkelheit verwandelte.

Sie hatte an ein Licht geglaubt, aber sie wusste jetzt, dass dieses Licht sie in Wahrheit geblendet hatte.

Weitere Veröffentlichungen des Autors

Deutsche Romane

- Altreia, Drama, 1998
- Geheimnis der verdorrten Rosen, Mystery, 2009 – Reimo Verlag *
- Virtuelle Liebe, Kurzroman, Thriller, 2016 *
- Paloma, Kurzroman, Thriller, 2016 *
- Die Muse, Kurzroman, Erzählung, 2016 *
- Post Mortem Kino, Roman, Drama, 2016 *
- Die Heilerin, Roman, Thriller, 2017 *
- Geheimnis der verdorrten Rosen, Mystery, 2017 (neue Version) *
- Das Zauberspiegel des Eros, Roman, Thriller, 2017 *
- Das Tal, Roman, Thriller, 2017 *
- Jahreszeiten der Sünde, Roman, Thriller, 2018 *

Englische Romane

- Virtual Affairs, 2018 *

Deutsche Hörspiele

- Paloma, 2018

Kunstkataloge

- Geliebter Vater, 1995 *
- The new Artist, 1996 und 1997
- Liebe in Stücken, 2009 *
- Kunstkatalog, 2010
- Liebe in Stücken, Edition II, 2016 *
- Kunstkatalog, 2017 *
- Kunstkatalog, 2018 *

(*) Gelistet in der Deutsche National Bibliothek